Raphaële Billetdoux est née à Paris en février ~~~~ *années passées à travailler pour le cinéma et la télévision ou elle apprend le montage, en 1979 elle écrit et réalise son premier long métrage :* « La Femme enfant » *qui sera sélectionné pour* « Un Certain regard » *au Festival de Cannes 1980. Mais elle est aussi une romancière comblée dès ses débuts. En 1971, elle a publié* Jeune fille en silence *qui lui a valu la bourse de la Fondation Del Duca.* L'Ouverture des bras de l'homme *obtient en 1973 le prix Louise de Vilmorin. Le prix Interallié lui est décerné en 1976 pour* Prends garde à la douceur des choses *puis, en 1981 elle publie* Lettre d'excuse. *Enfin, le prix Renaudot 1985 couronne son cinquième roman* Mes nuits sont plus belles que vos jours. *Ce roman a été traduit dans quinze pays.*

Un homme, une femme, un hôtel, les draps d'un lit, la chaleur d'un mois de juillet, la lune et la mer : avec ces seuls éléments, Raphaële Billetdoux construit un roman qui a la rigueur d'une tragédie antique, où trois nuits sont toute une vie.
Mes nuits sont plus belles que vos jours est le roman d'une rencontre. Toute rencontre est un risque; à la première minute, aux premiers mots échangés, l'histoire, déjà, est en marche.
Chez Raphaële Billetdoux, violence et sensualité se confondent dans ce style qui est le sien, tout en couleurs et en éblouissements.

RAPHAËLE BILLETDOUX

Mes nuits sont plus belles que vos jours

ROMAN

GRASSET

à mon père

Viens plus bas, parle bas...
Le noir n'est pas si noir...

PAUL VALÉRY,
La Jeune Parque

I

Pour le moment, la seule chose réellement difficile était de détourner les yeux de cette large déchirure de ciel, profonde et envenimée, qui allumait une sorte de brasero au-dessus de Paris. Les plus violents paysages terrestres, les plus étonnants animaux y étaient en réplique, sculptés dans la pourpre des anges mourants dont on ne voyait plus briller par réfraction que l'or des trompettes. Sous cette dernière lumière vivante, les êtres, les oiseaux, les voitures étaient pris de folie. L'invasion de l'ombre et l'agitation du monde donnaient seulement une illusion de vent, qui ne changeait rien à la chaleur du temps. Les enfants tombaient à plat ventre et décidaient de pleurer. Les chiens se retournaient sur eux-mêmes et levaient la gueule pour regarder les hommes aux yeux. La journée devait être longue et voici qu'elle avait passé. C'est à cette heure la plus religieuse que l'on souffre tout à coup très précisément de ne pas être aimé et qu'à l'existence des personnes de sexe contraire qui passent et qui vous ignorent il soit interdit d'attenter.

Abandonné sur sa chaise, il avait oublié qu'il portait du blanc et que ce blanc, sur son grand corps las dans cette agonie générale de la lumière, pouvait donner à d'autres une seconde de douleur aussi vive que celle que lui donnait, chaque fois qu'il y reportait les yeux, le spectacle du ciel à l'horizon. N'importe qui aurait pu lui faire grand mal car il se sentait comme dans de l'eau. Il se laissait manger sans réserve par les bruits et les mouvements et les taches de couleur et les femmes et les cuisses des femmes et tout ce qui bougeait à l'entour. Tout en lui était silence. Et il se tenait là, les jambes ouvertes, les yeux brûlés perdus dans le vide, un vide qui s'étendait du siège où il se trouvait – quelque part dans Paris à la terrasse d'une brasserie – jusqu'à l'extrême pointe des terres qu'il lui semblait discerner, là où le dernier rocher de France se confond avec les particules scintillantes de l'air...

Pris de bâillements successifs, il s'occupa un moment de les mener à bien, espérant, chaque fois qu'il ouvrait la bouche, qu'il finirait par vomir la totalité de son âme dont, malgré les traitements parisiens auxquels il l'avait contrainte, il croyait sentir toutes les fines membranes et les oreillettes se coller entre elles dans le battement de sa propre vie.

Un bruit sec le tira de sa rêverie, un briquet doré venait d'arriver à ses pieds. Il leva les yeux et rencontra le visage d'une jeune femme un peu ronde qui se mordait les lèvres. Cependant, c'est le mot fille qui lui vint à l'esprit et, tout de suite après, sang. En même temps, il se disait elle a les lèvres noires. Tout cela était dans l'ordre du crépuscule, il se courba et ramassa l'objet.

« Je vous offre un autre verre? » dit-il à son propre étonnement.

Il lui tendait le briquet. Elle le prit, d'une façon très délicate, et sourit comme par excuse. Elle alluma la cigarette qu'elle tenait à la main, reposa le briquet, il ne vit plus d'elle qu'un long pan de cheveux.

« Pardon, dit-il, je vous ai posé une question. Et je n'ai pas entendu votre réponse. »

Le pan de cheveux pivota, deux yeux le regardèrent. Souvent, d'une bête, on aperçoit deux oreilles, une queue, le mouvement du corps tout ensemble. Mais tant qu'on n'a pas croisé les deux yeux nus au milieu des poils, il est romanesque de dire qu'on a rencontré quelqu'un... Il ne savait plus depuis combien de temps elle le tenait, tout vif, au bout de ce regard cru, calme, profond, long comme une tige qui l'aurait embroché à l'envers lorsque, brusquement, elle le lâcha.

« C'est non, cela va de soi », fit-elle simplement.

De sa chaise, il réussit à retrouver à des milliers de kilomètres le petit nuage rouge qu'il avait élu entre tous dans le reste de bleu. Il aurait dû en être content. Mais le son de cette voix qui était entré par son oreille droite se reproduisait tout seul dans sa tête sans qu'il puisse le chasser. Il ne se disait rien, ni je suis mal, ni je suis triste, ni la pauvre fille est coincée, ni comme il y a des gens différents sur la terre... Il savait tout, il aurait pu fermer les yeux : là, une table plus loin, les amoureux, main dans la main, accablés; au fond, la patronne à la voix de chienne mais le corsage transparent; là-bas, la blonde recoiffée triturant son doigt d'épouse; à l'autre coin du bar, ce type qui toujours sur le même carnet sale, partout où il restait un blanc, l'index courbé à mort sur une pointe bille, écrivait furieusement « le lit zéro, le lit c'est zéro »... Puis, de tous côtés, pleurant haut dans l'air de juillet, les enfants sur leurs petites jambes, les vieilles dames de l'été que la lumière rendait plus noires hésitant au bord du caniveau et, déambulant le long des rues, ces personnages provisoires et anguleux qui disent d'eux-mêmes d'un air sinistre « on est des jeunes »... Il n'avait qu'à fermer les yeux, il savait, dans les aéroports, les milliers d'êtres humains courant vers des passerelles avec un visage de Jugement dernier; sur les plages, à cette heure terrible où l'on n'a pas encore faim et où il faut décider de continuer de vivre, les hommes et les femmes amenés à ramasser des sacs, des pelles et des serviettes et à gronder plus petit que soi; dans les maisons, les appartements, les fermes, d'autres encore qui avaient chaud, envie, besoin, et puis partout, des routes, des ponts, de la campagne, de l'eau, des feuillages et des insectes... Voilà. C'était ça, l'été, une gloire facile à la porte de chacun et, sous ce lustre d'honneur, la sournoise humiliation d'être imparfait... Qu'est-ce que cette innocente, à côté, pouvait connaître du sens profond de l'été? Ce que représentait l'été pour les hommes qui survivent à leur mère, ou – puisqu'il en venait un sur le trottoir – pour les obèses aux gestes de ballerine, ou simplement ce qu'était l'été à un artiste pour qui le soleil était signe de mort? Fallait réfléchir, faire attention un peu... Quand on s'était assise là par hasard, qu'on y demeurait le temps d'être remarquée et qu'on n'était qu'une fourmi parmi les fourmis, quand on s'affichait en public à l'heure de la mélancolie, qu'on estimait visiblement avoir un peu d'esprit, quand on avait de surcroît une gueule aussi douce et aussi privée que c'était par là-dessus qu'il eût été plus convenable avant de venir de passer une culotte, on ne répondait pas comme ça, légèrement, « c'est non ça va de soi » sans essayer de prendre en compte l'influence possible d'un été sur la difficulté générale de vivre, à commencer par celle de son voisin...

II

Il croisa et décroisa les jambes. Quelques lueurs orange persistaient dans la trouée de ciel. Mais le reste avait viré au bleu marine. Plus rien n'allait. Une petite musique s'était tue. Il souffrait du cœur, il ignorait pourquoi... Cela venait de très loin, ou alors c'était là tout de suite, quelque chose qui était arrivé... L'air tiède du boulevard, les feuillages qui se referment, la symphonie des fourchettes, cette odeur d'escargot chaud, cette inexplicable précipitation du soir créée par les adultes qui s'organisent... Aussi bien, remontant et résonnant du fond des temps, l'eau de son bain coulant en cataracte tandis que, fragile et courageux, il écoute venir d'un pas sans réplique la femme aux mains ébouillantées qui va l'arracher de sa cachette, le déshabiller et lui noyer son dernier espoir d'être heureux... Comment? Qu'est-ce que j'entends? Peut-on pleurer si fort quand on est le canard de sa maman? L'homme patiente sur le perron. Derrière la porte entrouverte, la coupable tout en chair se poudre vivement, qui aura mystérieusement rejoint son lit quand reviendront, avec cette première pensée, les petites mouches, les papillons, les abeilles, tout ce qui est joyeux et qui a des ailes, qui fait du bruit le matin dans la chambre...

Mais trente ans avaient passé.

Instinctivement, il tourna les yeux vers la fille. Briquet d'or posé devant elle, elle était toujours là, avec cette affectation de ne pas y être. D'un trait, il sut que le discret malheur tombé sur lui comme le serein, c'était elle. C'était le genre de fille gonflée de sang à faire de l'été son privilège particulier, une sorte de succès tout personnel, un hommage rendu rien que pour elle. C'était la fille à s'honorer de la fraîcheur de l'eau, du rouge des fruits rouges, du désir dans un œil d'homme, c'était la fille – et la colère lui fermait les poings – à rafler tout ce qu'il pouvait y avoir de libre et de gratuit dans le monde, c'était la fille énervante, la fille à faire un bijou d'une guêpe sur sa peau, la fille à renvoyer interminablement à l'écho flatteur de la nuit un rire de gorge satisfait, la fille à faire crever de désappointement les fauvettes, les merles, les loriots, tous les sopranos dramatiques de l'aube et mon Dieu que ma poitrine réclame de vigilance, je n'en suis que la gardienne! La voilà, elle est comme ça avant sa mort, la fille à profiter de ce qu'on est petit et en pyjama pour venir dire adieu jusqu'à demain dans un nuage de parfum décourageant, la fille à s'éloigner sous la lune tandis que la bonne fait cuire d'excellentes nouilles au fromage, la voilà dans sa jeunesse, la fille à faire suppurer la misère d'être né, à vous donner envie de courir paupières serrées jusqu'au fond du jardin et là, là... avant d'avoir compris ce qu'il faisait, il se saisit du briquet et le rejeta sur le trottoir.

Puis, tranquillement, il tourna la tête ailleurs.

« Félicitations! entendit-il. Cette fois, très franchement, vous piquez mon intérêt », dit la jeune femme gaiement, tout en le ramassant.

Bien qu'il s'embêtât un peu de ce côté où rien n'accrochait plus son regard il ne se retourna pas.

Un silence s'établit, qui était le leur, créé par eux, la première chose qu'ils eurent en commun. Cela faisait un petit trou précis dans le brouhaha. Il n'offrait plus que sa nuque et la tranche d'une oreille. Le menton sur la poitrine à l'étude de son propre corps, il se débattait dans l'impression que tout ce blanc dont il était vêtu prenait maintenant trop de place dans la pénombre.

« Je boirais volontiers quelque chose, à présent », murmura-t-elle.

La voix lui arriva comme de très loin. Il se sentit rattrapé par l'ennui, un imprévisible, incommensurable ennui. Qu'est-ce que c'était que cette femme qui demandait à boire. Il ne se souvenait de rien. Il était bien. De toute façon, il n'irait pas, il fallait parler, se donner du mal, dire je, moi ceci, moi cela. Et vous? Il n'en avait aucune envie.

« A présent, c'est l'heure du dîner, dit-il entre ses dents.

— Pardon?

— Je dis c'est l'heure du dîner, dit-il avec un tremblement de colère dans la voix. Ils ne serviront plus!

— Ils ne serviront plus? répéta-t-elle, ça alors, ce serait bien la première fois que...

— Ecoutez, dit-il, je suis désolé, ce n'est pas moi qui fais le service, regardez autour de vous!

— Eh bien, oui, je regarde et je...

— Eh bien, oui, oui vous regardez et une fois de plus vous ne voyez rien, s'écria-t-il. Vous voyez bien que les garçons ont changé, que ce sont les garçons du soir!...

— Et en quoi est-ce que cela nous gêne! » s'excla-ma-t-elle.

De consternation, il se tut. Elle s'en trouva désarçonnée et n'ajouta rien. Toutefois, aux gémissements de sa chaise d'osier, il sut qu'elle ne tarderait pas à revenir.

« Et puis s'il faut dîner, dit-elle platement, il n'y a qu'à dîner un peu... »

Il se leva d'un bond et, la mâchoire au ciel, se mit à tâter toutes ses poches à la fois.

... N'ayant plus pour paysage que la masse de ses épaules, véritable falaise dressée au-dessus d'elle qui ne lui laissait aucun recul sauf à battre en retraite, elle oscillait sous la surprise entre charme et grossièreté, le cœur moulu par le va-et-vient de ces avant-bras aux veines gonflées, troussés de drap blanc à odeur de soleil, et la voltige de ces deux mains qui semblaient huit à jongler dans la nuit, de sa poitrine à ses flancs et de ses flancs à ses reins. Elle pensait bien comme devant toute personne en difficulté lui proposer son aide, mais le bruit mat de chaque claque qu'il se portait dans les reins à hauteur de ses joues retenait son esprit au centre de cette dépression creusée par la cambrure, où se jetait le flot désordonné de la vaste chemise. Plus que ses mains, plus que ses bras, plus que le grave de sa voix, plus que cette apparence d'ange effondré qui avait généralement du succès, plus que n'importe quoi d'autre qu'il eût dit, fait ou montré dans le but de lui plaire, ce petit creux-là, à la chute de son dos – parce qu'il se révélait à elle secrètement, parce qu'il lui parlait de l'os sur lequel on tape les vaches, parce que sanglé dans le jean blanc, il appelait une idée de pansement – pour toutes sortes de raisons confuses et inattendues, ce petit creux-là allait à lui seul l'emporter sur tout le reste lorsque brusquement il se retourna, l'œil fou :

« Vous n'avez pas vu mon tabac? dit-il.

– Votre tabac? cria-t-elle comme en rêve. Où est-il?

– Je vous le demande, justement », dit-il sévèrement.

Le temps de se reprendre, elle mesura l'absurdité de la situation.

« Mais quel tabac? dit-elle furieuse. Et en quoi est-ce que le sort de votre tabac me regarde?

– Pas plus que ne me regardait celui de votre briquet, en effet, dit-il. Vous ne vous préoccupez toujours que de vous?

– C'est exact, dit-elle. Et vous seriez bien inspiré d'en faire autant. Garçon? S'il vous plaît!

– C'est pour dîner? dit le garçon.

– Non, pour me calmer! » dit-elle hors d'elle.

Soudain, elle l'observa.

« Vous êtes un garçon du soir, vous? demanda-t-elle.

– Aah! fit-il la mine gourmande, moi, ce serait plutôt le matin, voyez, au réveil... »

« Elle est batailleuse, c'est bien », se disait Lucas resté en retrait.

« Et vous servez aussi le soir, n'est-ce pas? reprit-elle gravement.

– Sans difficulté, madame! Je m'en flatte! dit l'autre riant et redressant la nuque, qu'il replia aussitôt sur son plateau car il venait de prendre un coup dans le dos.

– Monsieur, dit Lucas frémissant des narines, avant toute chose nous souhaiterions dîner. Est-ce seulement possible?

– Dans ce cas, c'est à l'intérieur! » cria le garçon.

III

Face à face à la table du restaurant, ils poursuivaient ce qui était à présent leur langage commun, celui qu'on tisse à deux, innocemment, dans un bruit unique au monde. Ainsi qu'ils avaient commencé, ils parlaient et se répondaient, sans penser à s'en étonner. Mais, sous les mots de surface, chacun en soi sentait battre une sourde tristesse comme une vie étrangère qui se serait agrippée à la leur. Ils s'adressaient l'un à l'autre, et ils ne pouvaient pas s'en faire part. A peine se dire qu'ils souffraient de manque d'air ou, à l'attaque des phrases, en souffler un peu plus qu'ils n'en avaient dans les poumons et, là encore, il semblait que ces soupirs s'exhalaient d'une respiration différente. De drôles de souffles, d'une origine inconnue, circulaient entre leurs mots. Leur ton, leurs manières se teintaient d'humilité. Telles deux vieilles personnes sur de la neige, dans la crainte que ce phénomène leur advienne au milieu d'un mot dont les dernières syllabes se fussent enfuies muettement, ils mesuraient leur élan.

Leurs yeux, par-dessus la bouteille de vin et le bouquet de fleurs, se voyaient entre eux, voyaient les yeux de l'autre se baisser puis se relever. Une fourchette à la main, ils ouvraient la bouche et la refermaient. Pour les uns, il s'agissait de la table sept, pour les autres encore plus prosaïquement, d'un homme et d'une femme dînant ensemble. Mais deux mondes lisses sous la lampe se faisaient face.

Il apprit d'elle qu'elle se prénommait Blanche, qu'elle devait rejoindre des amis fin août dans le Midi, qu'elle n'avait pas de meilleure amie que sa mère, et une sœur, plus fragile qu'elle.

Elle apprit de lui qu'il s'appelait Lucas, qu'il détestait les vacances, qu'il travaillait depuis deux ans à un essai sur le langage et les tromperies du langage. Elle leva ses sourcils et forma un « oh » sur ses lèvres en rond. Il lui fut reconnaissant de ne pas en dire plus. Plus tard peut-être, il lui dirait qu'il avait commencé de l'aimer à cette minute précise où elle n'avait pas dit « comme c'est intéressant ».

Ils ne souhaitaient pas en apprendre davantage l'un de l'autre. Tout cela n'avait aucune importance, pas plus que la nuit qu'ils savaient aller finir ensemble.

Seule comptait cette tristesse qui les essoufflait, et les occupait chacun séparément. Elle leur donnait un air soucieux, un air de mois d'octobre. Il leur semblait avoir laissé leur appartement en désordre, il leur aurait fallu, d'urgence, pouvoir aller ranger des papiers, jeter des vieilleries, peut-être fermer une fenêtre qui battait, ils n'avaient pas la conscience tranquille, ils auraient bien aimé être libres de rentrer chez eux.

En même temps, leur mémoire s'amusait à leur envoyer secrètement de ces images idiotes et sans propos auxquelles on s'accroche dans les mauvais sommeils comme à des révélations capitales. Ces projections intempestives, tandis qu'ils essayaient de se parler, étaient pour beaucoup dans leur tristesse. Car les images étaient ridicules et fugitives, souvent d'ordre domestique ou matériel et souvent aussi accompagnées d'une culpabilité sans commune mesure. C'était tout à coup, par exemple, le souvenir d'un quartier de poire devenu jaune. Cela pouvait dater du matin, de la semaine passée ou de vingt ans auparavant, peu importe que ce reste de poire fût encore de ce monde ou pas, il surgissait là, entre eux, avec son odeur d'alcool, ses pépins et sa queue racornie, réclamant de nouveau d'être ou mangé, ou jeté. C'était aussi trivial et aussi dérisoire que cela. Mais la composition profonde en était toujours, pour deux parts de pourriture, une part d'éternel. Chacune de ces images absurdes était comme un coup d'épingle sur une chair endormie chargée de remords et d'indignités. Ils en restaient étourdis, inquiets, affaiblis. Il leur semblait avoir été frôlés, l'espace d'une seconde, par quelque chose d'essentiel, une sorte d'avertissement, de rappel à l'ordre. Mais ils ne pouvaient garder l'oreille à la fois dedans et dehors et, manquant de tous les côtés, dans leur conversation polie, parfois, se glissait un humble sourire d'excuse.

Confus et doux comme deux qu'on est en train de gronder, ils se tenaient au bord de leurs yeux, s'y balançant légèrement. Tant de choses encore eussent été, de part et d'autre, à parfaire et à terminer avant de se laisser aller à se connaître. Ils n'étaient prêts ni l'un ni l'autre et ne pouvaient faire que chacun des mots, chacun des regards que la circonstance les contraignait à ajouter à ce désastre, comptât pour rien.

Les minutes de l'histoire tombaient, obscures et minuscules. Ils se nourrissaient pour durer. Ils découvraient que le temps qu'ils croyaient leur rester à vivre était infiniment plus long qu'ils ne l'avaient imaginé. Les limites venaient encore de

reculer. Comme devant une nouvelle trop longtemps attendue, ils n'éprouvaient que de l'abatte-
ment... Penchés sous la lampe, tels deux savants
partis des mêmes bases, ils demeuraient perplexes
devant cette erreur de calcul qui bouleversait leurs
premières déductions et les plans qu'ils s'étaient
cru permis de tirer pour l'avenir. Dans l'estime où
ces deux-là se tenaient mutuellement, ils ne se
faisaient pas l'offense d'une communication : ensemble, ils relevaient le front et se sentaient parcourus par le même frisson. Avec un sens aigu de la
répétition des faits, ils doutaient du bien-fondé de
ce rabiot de temps dont ils connaissaient déjà les
quatre saisons, les emballements, les digestions,
les nuits et les ruptures. Et comme s'ils avaient
contracté, à la fréquentation l'un de l'autre, une
prescience des innombrables petits événements
dits de la vie par lesquels il leur faudrait repasser
comme deux débutants, l'envie les prenait là, plutôt, de courir se coucher tout de suite.

Survint le maître d'hôtel qui tendit à Blanche la
carte des desserts. Elle l'accepta et Lucas l'imita. Ils
ne comprenaient rien à ce qu'ils lisaient, ils rendi-
rent leur carte en même temps.
« Un café? dit-il.
– Oui, dit-elle, s'il vous plaît. »
Il évitait de trop lever les yeux sur elle, car
aussitôt et à son désarroi, ceux de Blanche se
rejoignaient en un œil unique à l'arête du nez,
autour de quoi l'ensemble du visage se froissait
comme un chiffon. Blanche avait le même trouble
et préférait parler les yeux baissés, de sorte qu'ils
ne se rencontraient plus depuis longtemps. Ils se
regardaient autrement, partout ailleurs, de façon

parcellaire et, pour appréhender toute la personne, en faisaient le tour à pied, où ils allaient solitairement de détail en détail. Calmement, elle notait la forme de ses doigts, le triangle de poils à l'échancrure de sa chemise. Il notait le creux plus pâle de ses bras, la présence d'un pendentif... D'un battement de cils, ils s'en allaient puis revenaient, ils ne se formaient pas d'opinion, ils passaient là et laissaient être, s'accordant tacitement tout en conversant d'autre chose la permission de se poser où bon leur semblait.

Ces regards par en dessous leur donnaient l'air d'autant moins franc qu'ils les savaient contraires à toutes les règles d'éducation. Ils s'en couvraient néanmoins avec la licence et l'impunité de deux inconnus qui conservent le loisir de se renvoyer au néant. Ils se revoyaient enfants, lorsqu'on disait « regarde-moi quand je te parle », fixer obstinément la terre et sentaient monter sur leur chaise la même étrange excitation. Car ces regards errants qui ne rencontraient jamais personne avaient, à force de caresses, ouvert et réveillé sur leur peau nue et sous leurs vêtements des dizaines d'autres yeux aveugles, mobiles et sans paupières, qui tournaient et se retournaient dans leur nuit, tirant douloureusement sur les nerfs pour essayer de voir ou de se faire voir. Et c'était encore ça la tristesse. Blanche en avait deux au bout des seins qui la pressaient d'écarter les bras et de gonfler le buste et lui donnaient un goût de larmes. Ils en avaient au creux de chaque épaule, à la pliure interne des bras, au bout des doigts et un tout seul, entre les jambes, qui pleurait. Toute leur chair retentissait de cette plainte enfermée, inaudible et lancinante, plus pessimiste que le sanglot d'un coq dans un pays endormi.

Harcelant de l'index une miette de pain sur la

nappe, chacun au fond de soi suivait avec une attention religieuse la progression de cette métamorphose où tout palpite d'une vie indépendante et espère, de bourbe, devenir oiseau.

Sévères et graves, ils se retiraient devant ce malheur familier. Légèrement soulevés du fond de chaise, en équilibre sur les coudes, ils s'arrondissaient au-dessus de la table si profondément qu'ils pouvaient sentir mutuellement la chaleur de leur front.

Ils tentèrent de se manifester encore un peu, mais leur voix devenue blanche s'enraya et ne rapporta rien qu'un peu de bruit. Alors ils se turent et restèrent à errer en attendant l'addition dans cette lande de misère qui les séparait, où il était interdit de crier, de pleurer et de jouir.

IV

Enfin, ils se levèrent et, rendant à la collectivité ce qui avait été leur verre, leur serviette, leur chaise, ils franchirent comme rentrant de voyage le bruit, le monde et les lumières. Blanche tirait sur sa jupe, Lucas avançait bras tendus devant, mais les portes étaient inexistantes et ils se retrouvèrent dans la nuit sur le trottoir où l'air était le même qu'à l'intérieur.

Elle se retourna, porta la main à ses cheveux et les souleva d'un air égaré. Mais Lucas, tête baissée, se mit en marche d'un pas tranquille. Elle trouva pour elle-même le pas de la promeneuse qui ne cédait rien de son indépendance et, mettant dans ses chevilles et le port de son cou ce qu'il faut de légèreté pour qu'on n'aille pas imaginer qu'elle était à sa suite, elle le suivit.

Elle seule pouvait savoir que ce pas qu'elle développait comme pour rentrer chez elle et qui l'en éloignait ne l'emmenait nulle part... Cependant, à côté de Lucas qui allait comme va un homme qui songe, elle s'entendait marcher comme marche une femme sans but : irrégulièrement, disgracieusement, tantôt à droite, tantôt à gauche, de sorte que déportée par le vide de son esprit perdu, elle manquait de le tamponner un pas sur trois. De toutes ses forces, elle appelait le malheur parmi ses malheurs qui eût fait tomber dans ses talons le poids d'une pensée semblable à celle que semblait poursuivre Lucas tout droit le long des rues et des boulevards. Mais bien qu'elle eût conservé figure humaine, elle avait moins de souvenirs qu'un noyé. Et comme il ne lui adressait plus la parole, comme il pouvait parfaitement penser que c'était elle qui ne la lui adressait plus puisque tous deux s'étaient tus au même moment; comme elle trouvait un peu fort de devoir tout faire elle-même et déjà bien de l'accompagner sans poser de questions quand il était peut-être en train de se rapprocher grossièrement de chez lui; comme elle avait, elle aussi, son caractère, mais qu'elle se voyait incapable de dire pour l'heure ce qu'elle voulait et que, justement, elle ne voulait rien, ni qu'il la prît dans ses bras sans prévenir au pied d'un immeuble dont elle s'apercevait que c'était le sien, ni qu'il la quittât avant qu'elle ait fini de comprendre le sens de cette soirée, ni qu'il dît un mot qui eût pu gâcher ou préciser quelque chose qu'elle ne souhaitait surtout pas qu'on précise; et comme en même temps elle rencontrait par endroits des odeurs d'amour, de vase et de sucre, que la nuit était claire, l'air plus frais, le peuple bienveillant, elle découvrit que rien ne lui convenait mieux que cette marche en silence au hasard de la ville et, dans la flambée de cette reconnaissance, fut au bord de glisser son bras sous le sien ainsi que, tout autour d'eux, se faisaient conduire les dames comblées...

Avec l'été revenu, Paris dans l'obscurité frémissait à nouveau de cette attente sourde qui plane aux alentours des grands cirques ambulants. Un chapiteau fantôme avait lâché dans la cité toute sortes d'êtres lents et chuchotants, flottant dans des cotonnades, qui venaient les croiser ou les frôler avec des airs d'acteurs échappés. La rumeur venait de plus loin, toujours plus loin. Plusieurs voitures de pompiers roulèrent sous la lune et les réverbères. Soudain l'ombre d'un lion à l'angle d'un pont et partout la vie, les valises, la chaleur et la jeunesse...

Cependant, Lucas, front serré, mains dans les poches, fuyait sur le bitume à une cadence intérieure... Quelle entente physique espérer d'une femme dont les pas, dès le départ, sont désaccordés, d'une femme qui n'a pas le premier rythme, même pas, lorsqu'on est aussi nulle, l'instinct élémentaire de suivre le vôtre, ce n'est pourtant pas difficile – il marchait de plus en plus vite – pas la peine de la coucher pour le savoir, c'était encore une de ces libérées qui vous lâchent en route, bientôt elles le feront toutes seules... Il tenta de se reprendre, mais trop tard, le mouvement d'une funeste petite horloge l'emportait à rebours et, de tous les lits où il croyait les avoir enfouies, elles se levèrent les unes après les autres... Celles qui « connaissent l'homme », qui savent exactement où c'est bien, où ce n'est pas bien, c'est une attaque, on a envie de se révolter mais on est pris en main par des gestes précis, inéluctables, c'est atroce... Celles qui tombent à la renverse en offrant un ventre blanc, se laissent prendre comme des bébés au milieu des coussins et s'étonnent qu'on s'endorme sur elles avant d'avoir fini... Celles qu'on touche à peine, qui partent dans des hauteurs où on ne peut pas les suivre et surtout ne bougez pas, ça risquerait de les déranger, il n'y a pas d'attente, pas d'espoir de réussite, c'est gagné et perdu en même temps, vous n'y êtes pour rien, un souffle de brise aurait fait l'affaire, c'est désespérant mais celles-là après vous remercient... Celles qui prennent sans donner, qui exigent et ordonnent, qui appellent et insultent, elles gardent les yeux fermés, tournent seules sans fin dans les ténèbres, cherchant à s'accrocher à une terre de passage, elles battent des mains à plat dans vos reins, on se sent comme un cheval qui n'avance pas, on s'efforce de faire au mieux selon les cris et l'impatience, on ruisselle, on nage, la peau devient du bois et, à la fin, ça fait mal... Celles qui se trouvent grosses et qui ne s'aiment pas, mais puisque vous le dites, autant que toute cette chair fasse plaisir à quelqu'un, elles sont d'accord pour tout ce que vous voulez, elles compatissent de vous voir dans un état pareil, celles-là en effet, on voudrait bien qu'elles ferment les yeux... Celles qui disent que vous êtes trop grand pour elles, qui pleurent un peu, boivent beaucoup d'eau et on est engouffré par un con plus large que la mer, elles s'excusent et demandent pardon... Celles qui crient non, non, puisque je te dis non et qui pensent oui, elles serrent les cuisses, bondissent sur elles-mêmes comme des poissons à sec, plus tard on s'aperçoit qu'elles dorment avec un drôle de sourire, elles font des rêves, attention, elles vous conduisent aux assises...

Il en renaissait toujours et toujours, une seule demeurait endormie sans visage au fond de lui, celle-là, si un jour elle venait dans une chambre, ce serait... ce serait un rocher qui serait une jeune fille qui serait des cheveux, des bouches et du ciel, qui serait pour quelques heures une autre forme de vie qui se soulèverait et respirerait dans la pénombre et le tout dans son sang ferait le bruit d'un lac à plusieurs rivages, n'aurait ni mémoire, ni maman, n'aurait pas lu les magazines, n'aurait pas d'amis, pas de montre, et ne redeviendrait une personne sur un gros oreiller que beaucoup plus tard... Combien de temps il faut pour qu'elle vienne, encore combien de temps à l'attendre, dites, Emilie, elle a dit six heures, une heure c'est combien de temps, c'est combien de temps, la femme gardait figure fermée, elle continuait à repasser du linge qui sentait mauvais à la lumière électrique, il faut faire pas de bruit, elle a dit qu'elle va venir quand la nuit est tombée et la nuit elle est tombée, peut-être on l'entend quand elle vient, il tourna la tête et s'aperçut qu'il était seul au milieu de la rue.

Il appela, il regarda autour de lui, il tourna plusieurs fois sur lui-même; l'espace d'une seconde, puis d'une autre, puis d'une autre, il crut qu'il faisait jour. La douleur était si vive, dépassait de si loin ce qu'il se sentait capable de ressentir qu'elle traversa le seuil où l'on dit que la douleur habituellement rencontre une résistance. Et elle se retrouva dehors. Elle envahit à toute allure tout ce qui de bas en haut allait naturellement vers le ciel et les étoiles. Elle tordit les immeubles et les branches des arbres, elle fit tourner la voûte du ciel en son centre, et disparut.

Il fit demi-tour et se mit à courir.

V

Lᴀ dégaine soudain de l'artiste lyrique bafouée, son ombre courant derrière selon le mouvement de la pierre et des murs, Blanche, méconnaissable, s'enfonçait dans les rues. La gourde qui allait quelques minutes plus tôt au cœur de cette même nuit, heureuse, accompagnée et bras ballants lui jetait des suées de honte au visage. Quand elle serait celle qui avait faussé compagnie sans au revoir ni merci, quand elle serait celle qui avait accumulé les fautes et les maladresses, quand elle serait celle que la magie d'un soir d'été avait abusée, il resterait encore qu'on l'avait tenue pour inexistante puisque, le temps de renouer les cordes d'une sandale et de relever la tête, déjà son partenaire n'était plus qu'une silhouette tanguant à l'horizon d'un pied sur l'autre, et même elle s'était dit le regardant s'éloigner, on dirait un peintre en bâtiment galopant à la surface du monde, c'est parce qu'il est mort...

Elle allait vite, au bord des larmes, ses cheveux volaient derrière elle, sa petite jupe grimpait en haut de ses cuisses – passe le monsieur seul l'œil en bouton, passez, monsieur, passez, le rideau se lève

33

en effet, mais c'est demain, le spectacle, demain, vingt et une heures, Cabourg, Casino, Connard! Demain, j'emballe sur une musique à vous donner la trique, demain je visse et je resserre, mais pour ce soir je ne veux pas qu'on me secoure, je ne veux pas qu'on me distraie, je ne veux plus parler, je ne veux plus qu'on s'immisce en moi ni par les mots ni par le sexe, ce n'est pas un être humain qui peut me comprendre, c'est cent, deux cents, trois cents personnes qui m'écoutent quand je chante, qui me prennent par les hanches, qui m'enfoncent jusqu'à la gorge et qui tirent et qui raclent et qui m'arrachent le ventre et tout ce qui pourrait se détacher d'autre de moi. A dater de cette minute, je ne veux plus ni questions, ni conseils, de personne. Même pas de toi, maman. Je dirais même, toi surtout, maman, ne bouge plus. Laisse tomber. Laisse aller. Laisse vivre. Fous la paix. Pour la poussière, pour le linge, pour les contrats, pour le camion, je me débrouillerai, maintenant j'ai vingt-cinq ans, encore des baisers de toi, encore un peu de ton amour à toi, encore de ton soutien, de ta ferveur et de ton immense dévouement et je suis foutue. Les choses sont comme ça sous le ciel, ce n'est plus toi qui dois courir si tu m'entends pleurer même si personne d'autre ne court, car tu courras toujours plus vite qu'un homme et tout se sait, tout se sent, les hommes t'entendent courir, ça résonne comme une cavalerie entre le ciel et la terre qui, d'avance, leur coupe les jambes. Et moi dès le matin, c'est une maladie, il faut que je leur dise ma mère, elle est belle, elle est originale, elle n'a jamais rien eu de commun avec les autres mères, elle suspendait des sorcières et des poissons brillants au plafond de notre chambre, elle épluchait la peau de chaque grain de raisin qu'elle nous mettait dans la bouche au bout de son doigt, elle se levait à l'aube pour dessiner dans la buée des vitres les empreintes d'une famille de nains qui auraient guinché sur nos carreaux pendant la nuit, elle rapportait des pailles d'or et des macarons du marché, elle nous donnait des cours de danse et d'orgueil, elle se battait dans le métro, l'été, avec les soldats en permission qui se permettaient de rigoler à la vue de ses deux enfants moitié nus, elle chuchotait dans le noir comme personne, elle nous assurait que nos chats, s'ils étaient de bons chats nous les retrouverions au paradis, aux premières larmes que j'ai versées, elle m'a dit ce sont des larmes d'artiste, aujourd'hui, elle est mon imprésario, mon comptable, mon entraîneuse, mon gourou, c'était très bien mec, si tu veux me revoir, appelle-la, elle te donnera un rendez-vous... Ce n'est pas ta faute, maman, ce n'est pas la mienne non plus, non je ne veux pas ta mort, non je ne veux pas te quitter, il n'y a pas deux façons de dire au revoir, dire au revoir ça commence par ne plus t'occuper de mon linge, ça commence par ne plus m'écouter chanter, ça commence par ne plus me droguer avec des paroles d'exhortation comme toi seule en trouves pour me regonfler, il n'y a que toi sur cette terre, pauvre maman, qui croies en moi... Dire au revoir, ça commence par dire la vérité, que papa et toi vous n'étiez pas le monde, que ce que vous nous en avez dit ne venait que de votre esprit et de ce que vous vouliez à toute force en croire vous-mêmes pour ne pas sangloter, que le monde, le vrai monde n'est pas beau et que ce monde, toi, mon premier amour tout-puissant, tu ne pourras même jamais devenir ni mon mari, ni mon épouse, ni ma bonne, ni mon avenir, que tu ne pourras même jamais tenir les promesses que tu m'as faites, que ce que tu m'as promis, laissé rêver et entrevoir, tu me l'as promis à ton aise puisque tu savais qu'il arriverait un moment où il y aurait prescription, le voilà arrivé... Il n'est pas jusqu'à l'envolée du plaisir que tu ne te sois permis de promettre et d'annoncer... « Et alors là, les petites, à ce moment-là, la femme sort de son corps, elle voit les sapins, les torrents, les glaciers les plus aigus, il fait nuit et pourtant le soleil est énorme », et caetera et caetera je ne m'en remettrai jamais... Il aurait fallu nous dire d'abord que si nous voulions continuer d'être baisées aussi sincèrement, aussi magnifiquement que tu nous baisais le soir et le matin, il nous faudrait chercher beaucoup, loin, longtemps, subir toute une série d'épreuves, et que nous risquions de ne rencontrer jamais que des marâtres et des parâtres comme ceux qui se cachaient derrière chaque tronc d'arbre de cette forêt avec laquelle tu nous faisais peur quand nous étions petites, en arrondissant ta bouche sur un silence... « Et alors... » disais-tu. Et alors?... Et alors, maman? Qu'arrivera-t-il? Tu as oublié la suite? Mais maintenant, les enfants la savent, la suite. Ils l'ont vue, ils l'ont apprise à leurs dépens. Et ils peuvent vous la raconter, la suite, et comment le conte de fées tourne à l'épouvante, et comment il y a tromperie sur l'histoire, et comment pour faire gagner quinze ans de bonheur à des enfants, vous leur avez préparé cinquante ans de chocs et de déceptions... Ce n'était pas ça, ce n'était pas comme ça, qu'il fallait faire. Je les vois, les enfants d'aujourd'hui, ils savent tout. Ce sont peut-être des enfants moins heureux que nous l'avons été, mais ce seront certainement des personnes plus heureuses que nous ne sommes... Même le loup n'est pas ou n'est plus comme vous l'avez dit... C'est un pauvre loup pelé, dépassé par les événements, dont plus personne n'a peur, qu'on croise tous les jours dans la rue sans même le voir, il est fini, il n'est plus que l'ombre de lui-même, les hommes ont inventé plus terrifiant que son existence, il ne sert plus qu'aux vicieux et aux malheureux à court de sensations fortes, qui le ramassent, le font monter chez eux le temps d'une soirée et le branlent pour essayer de ranimer un vieil effet...

Elle fut tout à coup en bas de chez elle sans comprendre comment elle y était venue. Elle reconnut la porte cochère, elle enfonça le battant avec l'épaule, dans la cour elle enjamba le clochard, elle atteignit le bouton de la minuterie près des poubelles, elle fit sonner les clefs au fond de son sac et les trouva – tous ces gestes comme autant de preuves de sa vieille soumission, quelque chose lui disait qu'elle les accomplissait pour la dernière fois.

VI

De la lame du couteau sur la table, des carrosseries
des voitures devant la terrasse, des seaux à glace
portés et remportés par les garçons, des bijoux, des
bracelets-montres accrochés sur les corps, où qu'il
tournât les yeux, les attaques du soleil lui renvoyaient les éclats d'une guerre silencieuse. Derrière ses lunettes noires, il surveillait les allées et
venues; le souvenir du café qu'il avait bu enchantait
les composants de l'air; les étincelles, durement, le
prenaient en coin et le cognaient au cœur. La chaise
était sa chaise de la veille. Le garçon n'était diffé-
rent que de tête. Le monde avait passé la nuit.
Comme il avait vu descendre le soir, il avait regardé
monter la matinée et vu changer le paysage; le suint
de sa peau ensoleillée le conservait imperceptible-
ment endormi; rejoint par l'odeur de soi il se
respirait à en tomber affectueux; l'heure du déjeuner avait approché sans qu'il ait souffert, elle avait
apporté la mer au fond des rues; dans la même soif,
au bord du même vide, le ciel et son estomac
s'aspiraient l'un l'autre.

Il devenait de plus en plus invraisemblable qu'une personne qui s'était dessinée dans un demi-jour puis fondue dans la nuit puisse se manifester de nouveau sous cette forte lumière, dans ce tohu-bohu. La vie des autres allait son train, tandis que descendait sur lui une solitude de vieux monsieur. Il promenait son regard à l'entour, et ne reconnaissait rien. La rude réalité à douze heures quarante-cinq faisait apparaître que sa voisine était un voisin et que rien n'était plus oublieux des choses vécues qu'un trottoir, une table et une chaise. On perdait son temps à scruter en tremblant le petit archet tenu par Mozart à huit ans, pas une poussière de lui ne subsistait dans les fibres du bois, quand bien même les objets qui avaient été touchés et regardés par Blanche lui auraient donné ce tremblement, il fallait être un peu puéril et avoir gardé de la crotte au derrière pour venir, aussi sérieusement et aussi naïvement à la fois, se remettre sur la même chaise et croire que cela ferait surgir la fille. Il replia ses lunettes, ramassa les tickets de ses consommations et leva un bras, au même moment elle apparaissait derrière le garçon et reçut le signal.

Elle se présenta avec obéissance.

« Bonjour. Vous m'avez appelée? »

Il écarta précipitamment sa chaise et se mit debout, une main sur le dossier.

« Mais pas du tout, dit-il.

– Je vous prie de m'excuser. Vous partez?

– Oui, en effet, dit-il.

– Quelle providence, fit-elle. Il est impossible de trouver une table. »

Elle rejeta ses cheveux en arrière et se tourna légèrement vers l'extérieur. Tous deux cherchèrent le garçon des yeux. Ils entendirent de nouveau ce silence qui était le leur.

« Puis-je vous poser une question? dit-il.

– Naturellement, dit-elle en riant.

– Elle tient en un mot : « Pourquoi? »

– Pourquoi quoi? » dit-elle, engageant un autre geste vers ses cheveux.

Il l'arrêta par le poignet.

« Ne me contrariez pas, s'il vous plaît. Laissez vos cheveux. Je ne suis revenu ici que pour vous poser cette question : « Pourquoi? »

Elle lui consentit soudain un regard si droit, si dru, qu'il battit des cils, il n'en avait réellement rencontré de semblables que chez les boucs.

« Vous êtes vraiment un planqué, murmura-t-elle en secouant la tête avec commisération. Je regrette, vous pourriez poser votre question encore trois fois et dans toutes les langues, why, warum, por qué... je vous répète que je ne saisis pas à quoi vous faites allusion.

– Je le regrette aussi, dit-il en se détournant. J'avais imaginé que nous nous comprenions.

– Prenez le risque des mots et je vous comprendrai certainement.

– Il faut dire aussi que vous n'êtes pas très vive...

– C'est peu dire, renchérit-elle. Vu l'intérêt de votre conversation hier soir, j'étais même nettement endormie! »

Il sortit son portefeuille et déposa de l'argent sur la table.

« Vous me peinez beaucoup, dit-il sur le point de prendre congé. Hier soir, précisément, je croyais m'être montré particulièrement éloquent. J'étais persuadé que vous m'aviez entendu.

– Vraiment, ironisa-t-elle. Et peut-on savoir ce que vous nous disiez? »

Il demeura silencieux, les yeux sur elle. Puis il tendit la main, la posa sur sa taille. Doucement, il tira à lui ce corps étranger et l'enferma dans ses bras. Ils attendirent sans bouger et constatèrent qu'ils respiraient. Cela rendait le son léger du sommeil. Dans la pénombre où elles se trouvaient, leurs deux poitrines face à face avançaient et reculaient, ils les laissèrent à l'abri des regards faire connaissance et s'apprivoiser, le moindre mouvement les aurait effrayées. Ils cachèrent leurs propres yeux dans le cou l'un de l'autre, la tête penchée, chacun, de l'autre côté d'une épaule comme on se met en attendant le fouet. Et le temps passa. Ils l'entendaient bruire et tourner au ras de leurs oreilles, traversé d'une rumeur scandalisée qui s'amplifiait jusqu'à la folie et se taisait brusquement. Debout, ils ne savaient où, ils ne sentaient plus ni leurs pieds, ni leur tête, mais les poils de leurs bras se soulever et trembler dans le soleil. Loin, très loin de là, ils livraient un combat désespéré pour ne pas laisser repartir au fond du gouffre quelque chose qui leur était venu en commun, qui chauffait comme une troisième vie et leur interdisait, plus moralement que physiquement, de s'écarter. La charge était lourde, ils prirent appui sur leurs jambes, ils s'accrochèrent l'un à l'autre, ils se serrèrent plus étroitement. Leurs doigts recroquevillés leur faisaient mal. On secouait des chaises autour d'eux. Ils vacillaient au milieu du vacarme entre le désir de parvenir à mener à terme leur mission secrète et celui de s'évanouir en fumée pour ne pas avoir à se revoir. On eût dit soudain que tous les clients de la terrasse s'étaient levés en même temps. Des bruits de monnaie, des raclements de gorge se firent plus distincts, une voix toute proche se détacha du grondement général.

« On travaille ici... Vous avez un hôtel à cinquante mètres! »

Dans une cacophonie de verre brisé, de chaises

renversées, d'exclamations indignées, Blanche découvrit le garçon à ses pieds, une main sur la mâchoire.

Lucas entouré d'hommes et de maîtres d'hôtel brandissait le poing d'un côté et la montrait du doigt de l'autre.

« Ce type, cria-t-il, a insulté ma femme. »

Tous les regards se tournèrent vers elle.

VII

DANS un peu moins de sept heures – dont deux heures de route, une heure de répétition pour les techniciens, le temps de saluer chacun, de mettre la poudre et le maquillage – elle devrait entrer en scène et elle était encore à Paris, elle n'avait pas déjeuné, elle n'avait même pas encore trouvé la manière de prendre congé de cet inconnu qui l'entraînait gravement par le bras, comme pour entamer cent ans d'existence, et témoignait d'une si profonde confiance qu'il fallait un courage spécial pour oser lui dire : « J'ai rendez-vous, je ne suis pas libre cet après-midi. » Il ne demandait rien, ne posait aucune question, il avait tissé autour d'eux un voile d'éternité où la vie, déjà, n'apparaissait plus qu'en transparence et doucement il la menait vers sa tanière. Elle se voyait avancer sans pouvoir réagir. Dans la haute estime où on la tenait, l'air était si raréfié qu'elle n'avait plus la force de dire : « Ecoutez, je suis chanteuse, mon public m'attend. »

« Blanche! »

Ils se retournèrent – Lucas le premier, les yeux hors de la tête.

Deux filles un peu plus loin se poussaient du coude, elles s'approchèrent.

« Tu passais pas au Caveau des Princes, cet hiver? dit l'une.

– Effectivement, dit Blanche, c'était bien moi.

– Alors! Tu vois ce que je te disais! cria la petite à sa copine. On t'a vue, à l'époque. On a adoré. Ma copine, elle voulait pas croire que c'était toi...

– C'est dingue ce que t'arrives à faire avec ta voix... murmura l'autre.

– On pensait vraiment pas avoir l'occasion de te le dire, tu vois, enchaîna la première la main sur le cœur. Tu rayonnes, c'est fantastique!...

– Où tu passes en ce moment? demanda la seconde.

– Je fais des galas en province, répondit Blanche en riant, évitant de regarder Lucas. Ce soir, si tu veux savoir, je serai à Cabourg, dans la petite salle du casino.

– Ah! bon. Ben, on te souhaite un grand succès! » dirent-elles.

Blanche les remercia. Elles s'éloignèrent en bavardant.

Ils se retrouvèrent face à face. Elle regarda sa montre.

« Qu'est-ce que cela signifie, dit Lucas, vous chantez? Il était blême.

– Oui, dit-elle vivement, mais si vous le permettez, je vous expliquerai cela une autre fois parce que maintenant, je suis très, très en retard. Excusez-moi. »

Elle héla un taxi, ouvrit la portière.

« Pardon, pardon! dit-il fort en colère. S'il vous plaît! »

Il la tirait par le bras, la fit descendre de voiture. Dès qu'elle fut debout, il la rejeta comme s'il s'était brûlé, et n'ajouta rien. Dans le bruit assourdissant des moteurs, il sortit sa pipe et son tabac. Elle vit dans son dos le taxi repartir. Cils baissés sur ses joues, en parfaite sérénité, il lui montrait l'art de bourrer une pipe.

« ... Eh bien? hurla-t-elle.

— Eh bien, eh bien, fit-il, qu'est-ce qui vous met dans cet état?

— Mais quel culot! s'écria-t-elle, quel... »

Il l'interrompit avec inquiétude.

« Rassurez-moi, ce n'est pas une question de vie ou de mort? Si? Eh bien, alors, écoutez, s'il y a mort d'homme, de toute façon, il est trop tard...

— Fuck you... »

Il releva un sourcil.

« Le défunt devait vous être très cher... »

Elle tremblait tout entière, elle roulait des yeux, insensiblement elle commençait à reculer, cherchant par où s'enfuir.

Il rangea sa pipe, vint la prendre par le coude.

« Où allez-vous? dit-il. Je vous emmène.

— Porte de Saint-Cloud. »

Il l'entraîna avec lui.

« Et ensuite?

— Une voiture m'y attend, dit-elle.

— Combien de temps avons-nous?

— Dix minutes.

— Vous y serez », dit-il.

La tête haute, il la poussait devant lui, il écartait les passants, il s'occupait de tout. Elle n'avait plus que l'envie de sangloter. Ma femme. Ma femme. Sous la douleur des pressions faites sur son coude, elle levait la jambe, tournait à droite, tournait à gauche. Pourquoi aller si vite et où allait-on déjà? Ne pouvait-on un instant se prendre dans les bras?...

Il l'arrêta sous un arbre. Il y avait là, grosse et

souple, le museau incliné, dans une féerie tigrée d'ombre et de soleil, une moto. Elle vit Lucas s'en approcher, ouvrir les cadenas et retirer les chaînes avec des gestes de danseur. Les oiseaux chantaient dans l'arbre. Les ombres partout tremblaient comme de l'eau. On préparait cet engin de luxe pour elle. La peau de ses bras et de ses épaules était redevenue aussi sensible que la première fois où l'on dort nu. Elle avait si chaud, l'amour qui s'était levé en elle pour le monde entier était si cousin du malheur, elle crut qu'elle ne survivrait pas une minute de plus au besoin de se coller en croupe derrière cet homme et de filer dans le vent. Il sortit un deuxième casque d'une housse et le lui tendit. Il fit sauter la béquille, roula du trottoir sur la chaussée, ils échangèrent le regard muet des grands départs.

Elle était celle qu'il fallait laisser passer en priorité, qu'on emmenait chanter. Des hommes et des femmes au bord de la mer au même moment se souvenaient qu'à la fin du jour, ils avaient rendez-vous avec elle. Toutes les têtes dans l'encadrement des portières de voitures se tournaient à leur approche; bien qu'elle demeurât en selle à la seule force de ses cuisses, elle croyait, dans les claquements de sa robe en drapeau, représenter une personnalité de la République. Peu importait ce léger parfum de femme qui flottait à l'intérieur de son casque, c'était l'odeur de la vie et de ses épreuves, elle voulait le respirer jusqu'à l'enivrement, elle chanterait pour cette femme aussi.

Alors qu'il ralentissait derrière un camion, elle hurla sur son épaule.

« Où m'emmeniez-vous hier soir? »

Il souleva le haut du casque.

« Au cimetière », cria-t-il.

Il était d'excellente humeur.

« Mes parents sont là-bas, cria-t-il encore. J'avais envie de m'y promener avec vous... »

Il rabattit la visière et, d'un mouvement nerveux du poignet, lança la moto.

Quelques minutes plus tard, elle lui montrait du doigt un homme debout à l'angle du boulevard. Il la conduisit jusqu'à lui. De la moto, elle appela :

« François! »

L'homme, l'air étonné, s'approcha. Elle riait de sa surprise, elle était si pressée qu'elle ne parvenait pas à se délivrer du casque, il fallut que Lucas lui vienne en aide et lui arrache plusieurs cheveux.

« François. Lucas », dit-elle enfin.

Et, sautant à terre, elle passa dans l'autre camp.

« Je vous remercie, dit-elle à Lucas. C'est grâce à vous que j'arrive à temps. »

Comme il n'avait pas coupé le moteur, n'avait pas ôté son casque et ne disait rien, il y eut un moment de flottement. De ses deux yeux dans la fente de la visière, il les regardait.

« Eh bien... au revoir », dit-elle, mal à l'aise.

Et comme la réponse ne venait pas, elle ajouta :

« ... Je serai lundi à Paris. »

Il hocha la tête et démarra d'un coup.

VIII

C'est le noir. Même la nuit, il n'y a pas de noir aussi épais. Elle est peut-être là, qui retient son souffle. Il vaut mieux ne pas essayer de la deviner, le noir se troue d'atroces fleurs écarlates, le sang bat dans ses oreilles, des kilomètres de bandes blanches défilent encore entre ses tempes, il ne sait plus de quel côté se trouve la porte de la sortie, en moins de vingt-quatre heures il est devenu fou.

Un rayon de lumière soudain suspendit une tête dans les ténèbres. Les yeux et la bouche étaient grands ouverts, la bouche creusait un cratère déme-suré au centre du visage, pas un son n'en sortait, bon, elle avait fait son petit effet, combien de temps encore allait-elle nous tenir comme ça, il commen-çait à avoir faim. Un appel qui n'avait pas voix humaine lancé jusqu'à l'extrémité de sa note fit croître la lumière dans son ascension, il n'eut tout à coup plus assez de ses yeux et de ses oreilles pour saisir ce qui se passait. Il y avait une seule longue jambe nue, si longue, si nue qu'elle faisait mal, il y avait un violon tenu comme un ami par le cou, il y avait le pendentif brillant, il y avait cette silhouette qu'il avait cherchée toute la nuit sans savoir comment elle était faite, qui scandait dans une moitié de robe les rythmes d'une impatience secrète dans l'attente d'un accomplissement qui n'arrivait pas, au bout de ce long, profond, hurlement étonné. Elle leva l'archet et d'un geste assassin le renversa sur le violon. Cependant, passant et repassant le sabre, elle lui tirait des cris plus doux que des cris de plaisir qui, séjournant dans l'aigu, la faisaient monter elle-même sur la pointe des pieds... Cet équilibre fragile, cette unique jambe nue qui obligeait le regard, cette petite façon de pétrir le sol par en bas et d'être soumise à son instrument par en haut, cet air d'absence au monde alors qu'elle se donnait en spectacle, il suffisait de regarder les hommes : ce qu'elle lui disait à lui par tout cela, elle le leur disait à eux aussi. En fait, il la verrait aussi bien sur leurs figures que sur la scène, il croisa les jambes et s'installa face à la salle.

Ce n'étaient que smokings, voiles de mousseline, lèvres ouvertes, orbites illuminées, tout un peuple immobile dans la pénombre respirait d'une seule poitrine. La jambe nue, répétée de pupille en pupille, allumait jusqu'au bar une forêt de jambes nues, l'atmosphère était funèbre et les parfums sucrés, la musique qu'il n'écoutait pas déchirait ses oreilles fermées, il reconnaissait ce monde de suceurs qui fait couler des baignoires à minuit, qui ne respecte ni lune ni soleil, qui prend champagne pour intelligence et fait des clins d'œil aux enfants, il reconnaissait ces gueules de papillons, ces professionnels de l'admiration qui s'éclaboussent de leurs propres sentiments, il reconnaissait cette façon de se grouper autour de la beauté avec des mines de confiseurs, très agité, et dans le besoin de vérifier ce qu'elle leur montrait exactement, il se retourna vers la scène.

La seule femme sur terre qu'il aurait aimé dans l'heure cacher de Dieu et des autres était en train de lutter pour la vie d'une note plus pure, plus ténue que du verre filé, arc-boutée sur le violon elle la faisait durer à faire gicler les larmes. Il aurait donné le gémissement de la créature enfermée dans les tuyaux de la vieille maison, donné la petite voix de la porte du jardin lorsqu'on la poussait, donné tous ses plus chers souvenirs de bruits pour cette note en souffrance lorsqu'il l'entendit, soudain claire et libre, s'envoler par les lèvres de Blanche qui, gorge gonflée à la renverse, paupières closes, violon abattu, s'était mise à siffler!

... Il devait se rappeler sans cesse, sinon il n'était rien, que cette femme le connaissait, qu'elle lui avait parlé déjà, qu'il y avait déjà de lui, en elle, les deux syllabes du prénom qui le nommait et peut-être, sur sa robe restée dans la loge, un cheveu, cependant il s'affaiblissait comme si sa vie s'enfuyait par cette bouche. Dévasté par un imperceptible cataclysme, rien de ce qu'il croyait savoir, avoir appris, avoir vécu, ne le portait plus que cette chaise velours et or où il était assis. On était vendredi soir en juillet de la trente-huitième année de sa naissance, il lui arrivait malheur et il n'existait personne au monde – pas une grand-mère, pas un cousin, pas un barman, pas même celle qu'il était venu voir puisqu'elle le croyait à Paris – qui fût capable de dire : « Lucas Boyenval, en ce moment, se tient à tel endroit de la terre, c'est là que vous le trouverez... » Entre des milliards et des milliards de chaises, il avait pu aller jusqu'à celle-ci et mettre son corps dessus sans que personne, à aucun moment, ne lui pose de questions, il aurait pu aussi aller droit devant lui éternellement sans que quiconque songe à l'arrêter... Scandalisé de cette liberté qui lui était consentie, il se découvrait seul gardien de sa vie dans l'obscurité d'un caf'conc' battu par l'océan.

Il n'y avait que s'il tombait de sa chaise, peut-être... Des hommes le transporteraient sur le tapis du casino. Ils lui feraient les poches et se retourneraient les uns vers les autres, bras écartés. L'affaire remonterait jusqu'à elle. Penchée sur son corps au milieu des murmures, elle serait celle qui pourrait dire : « Je le connais. Il s'appelle Lucas. Ses parents sont morts et il fait des recherches sur le langage. » Et il avait laissé cette quintessence de femme toute une soirée à sa table torturer dans ses mains un bout de pain! Il s'était montré à peine aimable, ne s'était enquis de rien, ne s'était même pas soucié de savoir si elle aurait souhaité un dessert et lui avait fait parcourir au pas de course la moitié de Paris quand il aurait fallu de la musicienne protéger le sommeil, les chevilles et les doigts! Ivre de dégoût, il se voyait arrêter le spectacle, courir vers elle, crier au bas de l'estrade, pardon! pardon! Je sais ce que j'ai fait, j'ai recommencé, j'ai été grossier, je n'ai pensé qu'à moi, comment faire que ce qui est arrivé ne soit pas arrivé!

Mais il était toujours sur sa chaise et Blanche comme un voilier dans la nuit. Il n'y avait entre eux, en somme, que ce qu'il avait rêvé. Il entendait déjà le petit « Tiens! Salut, ça va? » qu'elle lui lancerait en passant et ses yeux agités probablement diraient en même temps « où ai-je bien pu croiser ce visage » tandis que, dans la folie des coulisses, des gaillards en tee- shirt, de jeunes barbus à demi nus, baignés de sa musique, au fait de ses amours, de ses habitudes, de ses futurs rendez-vous la tireraient en arrière par le bras pour l'emporter vers d'autres villes, d'autres admirateurs, d'autres importances... Il se rappelait avec quel ton d'évidence elle lui avait répondu « c'est non, ça va de soi », avec quel naturel elle avait accueilli les deux filles qui l'avaient reconnue dans la rue, ah! si elle avait pu être comme d'autres, nîmoise ou esthéticienne, mais les sourires, les types à moto qui surgissent spontanément, les dîners au restaurant et les embrassades à la sortie n'étaient pour elle que l'ordinaire des jours, il n'avait pas été si mal inspiré finalement de commencer par lui faire faire plusieurs kilomètres à pied en lui faisant la gueule, cela n'avait pas dû lui arriver fréquemment. Mais le matin à la brasserie...? Quelle déception dut être la sienne, quelle lassitude de le voir lui aussi, à son tour, tendre la main vers son corps, une secousse lui traversa le ventre. Remporté là-bas pour la centième fois, pour la centième fois les yeux fermés et dans la terreur de l'avoir usé à force de le reproduire, il laissa remonter le moment magique : le faible parfum de peau et de savon mêlés, les pointes dures de leurs poitrines pressées, le tremblement de leurs genoux, les deux os de ses hanches à elle et le vent brillant autour d'eux et cette odeur de jour et de viande grillée à travers les cheveux accrochés à leurs cils, la secousse à nouveau lui lança le ventre, ça marchait à chaque coup... Ce moment-là, il ne l'avait pas rêvé, il avait eu lieu, elle ne pourrait pas le nier, il y avait eu des témoins. C'était même son principal argument, il n'allait pas se laisser faire, il allait répéter obstinément : puisque ce moment a pu se produire une fois, pourquoi est-ce qu'il ne pourrait pas se produire une seconde fois?

Il s'en trouvait doucement ragaillardi et, avec l'invincibilité de celui qui vient déjà de beaucoup pleurer, il s'avançait de nouveau, prêt à lui accorder toute son attention lorsqu'au même moment, alors qu'il ne s'attendait plus à ce que réellement elle chantât, elle chanta... Et alors qu'il avait survécu au prélude, alors que ce chant dont elle avait sciemment exaspéré l'attente et détourné les esprits, elle le jetait enfin avec toute la fureur des séductrices obligées de quitter le dernier vêtement, brusquement il se leva et sortit.

IX

Ses pas, entre tapis et plafonds, par les couloirs et les salons du casino, le conduisirent jusque dans le hall du Grand Hôtel. Le crépuscule s'abîmait derrière les vitres. Bon nombre de dames, çà et là, les doigts courbés sur une pochette de soirée, n'avaient pas encore été emmenées dîner. Des voitures aux ascenseurs, fendant l'air de leur jeunesse sévère, les grooms transportaient des odeurs de poudre de riz et d'océan. Il s'adressa à l'homme de la réception.

« Donnez-moi une chambre, je vous prie.

— Nous sommes complets, monsieur. Il ne me reste qu'une suite.

— Je la prends, dit Lucas.

— Combien de jours, combien de personnes s'il vous plaît, monsieur?

— Je vous le dirai », dit-il encore et les yeux dans les yeux soudain il lui sourit.

Il ouvrit les fenêtres, il ouvrit le lit, il ouvrit le col de sa chemise et tous les robinets de la salle de bain. Les cris des goélands, le vacarme de la marée et cette lumière de bordel qui montait de l'horizon donnaient pour son bonheur à l'ordonnance de ce

sépulcre de luxe, tout en fauteuils, coiffeuses et
guéridons, un air ahuri. Il y ajouta son mouchoir,
des journaux, un dictionnaire, des dossiers, un petit
réveil et il se mit nu. Puis il alluma la pipe et alla se
coucher dans l'eau du bain.

Ses yeux sans méfiance observaient les rainures
de la porcelaine, l'énorme lavabo, le trajet de la
tuyauterie, les proportions des murs, l'architecture
du bidet, la symétrie des cabochons noirs dans le
carrelage gris quand arrivèrent dans la buée la
Porsche rouge, les phares sur la forêt, la Buick
capote dressée vers les étoiles, les éclairs de chaleur, toutes les portières s'ouvrent en même temps,
un cigare entre les dents voici son père en smoking
blanc. La longue jambe de sa mère se pose sur
l'herbe, c'est elle la première qui jette ses chaussures. Anne-Clarisse rit tout le temps, sa bretelle a
lâché, la fleur s'est décousue, on entend rouler le
tonnerre de l'autre côté du monde. Un tronc d'arbre
flotte au milieu du lac, l'oncle Edouard en sueur
arrache son nœud papillon, Eric de Granchemin
aussi, son fondé de pouvoir aussi. Le cri de la
hulotte, toute la clairière qui résonne du cognement
des becs, dans les voiles mauves de son drapé sa
mère tend les bras vers la lune – on te voit tout
Adrienne – ses yeux d'époux jaloux, la braise de son
cigare, aussitôt elle accroche l'extrémité d'un voile à
une branche, regardez! Regardez! Elle part en tour-
billons qui la déshabillent de haut en bas. Anne-
Clarisse lâche tout, son fourreau tombe à ses chevilles. Il y a un remue-ménage, des cris avinés et des
froissements de pantalons du côté des voitures, tu
ne viens pas, René? T'as pas trop chaud, René?
    ... Elles jettent leurs bijoux, elles envoient leur

culotte au ciel, elles se prennent par la main, leurs deux grands derrières blancs bondissent vers le lac, ils se précipitent en gueulant à leur suite, ils plongent avant elles en trois gerbes fracassantes...

Son père et lui seuls sur la rive. Elle les a oubliés. Il a huit ans, son petit costume, les têtes qui glissent à la surface, les souffles des nageurs dans la touffeur de la nuit, Eric de Granchemin est affalé sur le tronc d'arbre, l'eau fait du bruit, une sonorité de cathédrale, il y a des bêtes dans la forêt. Les yeux sur Adrienne, une main dans la poche de son smoking, il fume en silence. Elle lance ses deux minuscules bras blancs devant elle, elle s'éloigne du côté des sapins. Anne-Clarisse et l'oncle Edouard sont à l'autre bout, le fondé de pouvoir a disparu, soudain il jaillit entre les bras blancs. Elle pousse une exclamation étouffée, mais on ne dirait pas qu'elle a eu peur, on ne voit pas bien, on n'entend plus rien, sinon une sorte de plainte douce et monotone comme si elle lui disait tout le temps « vous... vous... vous... vous... » et que ce soit ça qui, par moments, les fasse rire distinctement. Alors la spirale rouge du cigare qui va s'éteindre sur l'eau, le bruit de la veste qui tombe aux pieds, tu veux te baigner, papa? Il est déjà à mi-jambe au milieu des racines et ses chaussures, ses chaussures sont toutes les deux sur le bord, son long corps file sous l'eau, la lune a éclairé un instant l'or du bouton de manchette...

Là-bas, sous les sapins, au milieu d'effroyables remous qui aspirent les têtes, les membres, étouffent les râles et les suffocations, bouillonne et tourbillonne une vie énorme jusqu'à ce que, à la lisière de la forêt, le petit corps hurlant du fondé de pouvoir s'enfuie les bras au ciel... Adrienne! René! René! Adrienne! Leurs cheveux mous, leurs deux alliances, leurs joues gonflées de vase... Anne-Clarisse, l'oncle Edouard, Eric de Granchemin, tous se mettent à courir dans tous les sens autour de l'étang vide. L'eau noire immobile. Le cri de la hulotte. Les lambeaux de ses voiles dans l'arbre. Le grondement de la chaleur. Ses deux chaussures et sa veste blanche...

Par la porte ouverte, puis la fenêtre de la chambre où il faisait sombre, il pouvait porter le regard à l'infini. La nuit était venue, le silence était tombé dans l'hôtel, il devait être seul à l'étage, l'eau du bain était presque froide, la pipe s'était éteinte. Une joue écrasée contre le rebord, il suivait d'un œil, puis de l'autre, le passage lumineux d'un avion. Il ne savait pas plus ce qu'il allait faire que ce qu'il faisait là. Il commença par se lever, il mit le peignoir de la maison puis il alluma toutes les lampes de la chambre, ferma la porte donnant sur le salon et se retourna, c'était sinistre. Le Room Service proposait des asperges et du saumon, il pouvait composer le zéro zéro cinq, il pouvait aussi travailler, il pouvait aussi rentrer à Paris et appeler la Nîmoise de la semaine dernière, il tourna le réveil, il vit qu'il était dix heures passées. L'instant suivant, la chemise ouverte, les lacets défaits, le pantalon non boutonné mais tout cela d'un blanc éclatant, il était à la sortie du casino, dont elle descendait le perron. Elle courut vers lui.

« Lucas? Mais vous étiez là? »

Occupé avec une extrême fébrilité à fermer les poignets de ses manches, il se pencha néanmoins poliment, les pieds joints.

« Pardon?

– Vous étiez là, répéta-t-elle joyeusement, vous m'avez vue?

– Hélas! non, non je n'ai pas eu ce plaisir, dit-il.

– Oh! mais pourquoi, quel dommage! Et qu'est-ce que vous faites ici?

– Moi, rien... Je suis là, c'est tout. Vous venez?

– Comment ça " vous venez "? »

Il caressait ses manches et le devant de sa chemise sans arrêt avec inquiétude et semblait bousculé par le temps.

« Il faut bien que nous dînions, dit-il avec impatience. Il est tard. Je ne sais pas si le restaurant de l'hôtel... »

Elle posa brutalement l'étui de son violon sur le sol et, croisant les bras, elle le considéra.

« Qu'est-ce qu'il y a, dit-il, vous avez déjà dîné? »

Elle ne répondait pas, elle restait à le fixer, alors il fit de même, alors ils commencèrent à se reconnaître et leurs regards à mollir et leurs yeux à ciller gentiment et quelque chose d'ému et de navré à la fois progressait dans leur expression lorsque le nom crié de Blanche les fit se replier.

« Allez-y! cria-t-elle par-delà son épaule. Je vous rejoins! »

Et plus bas, comme pour elle-même, elle ajouta :

« De gauche à droite, ma mère, le François de tout à l'heure, un ami de François, la femme de cet ami... Je suis désolée. »

Il se baissa brusquement et ramassant l'étui, il le lui mit dans la main. Elle s'en alla à reculons.

« Où habitez-vous? dit-il en la suivant.

– Dans le XIVe...

– Non, cette nuit.

– Chez François. Il a une maison ici.

– Je vous souhaite une bonne nuit », dit-il gravement, et pourtant il continuait à la suivre.

Elle fit demi-tour et partit en courant.

« Qui est-ce? dit la mère.

– Un ami, maman, dit-elle.

– Est-ce que je dois continuer à marcher ou me retourner pour lui dire bonjour?

– Ça y est, maman, ça y est, je le lui ai dit, bonjour.

– Je te parle de moi, Blanche. Si par hasard je le connais, je ne veux pas avoir l'air de lui tourner le dos!

– Parlez plus bas... dit François.

– Pourquoi? demanda-t-elle.

– Mais parce que ton ami nous suit, ma chérie, dit la mère. Voilà cinq minutes que je te le dis.

– François, c'est vrai?

– Oui. Mais il a bien le droit d'aller dans notre direction.

– Nous verrons bien au carrefour, dit la mère.

– Il est assez beau, dit la jeune femme dans un rire.

– Ne vous retournez plus, s'il vous plaît, dit Blanche.

– Il veut peut-être tout simplement un autographe...

– Blanche a déjà été très gentille avec lui. Elle lui a parlé un bon moment...

– Mais vous allez finir, tous! chuchota-t-elle. Puisque je vous dis que c'est un ami.

– Quelqu'un pourrait peut-être regarder, à présent?

– Non, non, non et non, je vous dis! hurla Blanche à voix basse.

– On devrait ralentir, pour voir, dit la jeune femme très excitée. Il sera bien obligé de nous dépasser.

« — Elle a raison, je vais allumer une cigarette, dit le mari.

— Oh! c'est terrible, il est encore là... Regardez, il s'est arrêté aussi!

— J'y vais, dit Blanche. Ne restez pas là, avancez! »

Elle donna le violon à François et marcha vers Lucas d'un pas décidé sur la route déserte. Il l'attendait. Les mains dans les poches, il faisait rouler un petit caillou au bout de son pied.

« Je vous ai menti, dit-il avant qu'elle n'ouvre la bouche. Je vous ai vue quand vous chantiez. Je suis sorti avant la fin parce que j'étais jaloux.

— Je vous pardonne.

— J'ai besoin de vous, dit-il.

— ... Moi aussi je crois », murmura-t-elle.

Il ne réagit pas. Il ne l'avait sans doute pas entendue. Elle s'éclaircit la voix, elle redit :

« Moi aussi j'ai besoin de vous.

— J'ai entendu.

— Il faudrait que nous parlions.

— Oui, je veux bien.

— Ce soir, cela ferait un peu tard, mais... »

Il leva les yeux.

« Cela ne me dérange pas, dit-il. J'ai pris une chambre au Grand Hôtel et j'ai du travail. Vers quelle heure viendrez-vous?

— Ce ne serait pas avant une heure et demie, deux heures du matin, je crains que le bar ne soit fermé...

— Ne vous inquiétez pas, dit-il aussitôt, je n'ai pas seulement une chambre, j'ai aussi un salon, des alcools et des jus de fruits. Vous pouvez monter directement. Chambre 420. »

Elle sourit, mais il ne souriait pas du tout. Ils reculèrent chacun de trois pas sans se quitter des yeux, il fut le premier à tourner le dos.

X

LᴏʀsQᴜ'ɪʟ eut refermé le lit, vidé le bain, allumé les lampes du salon, lorsqu'il eut mangé le repas froid qu'il avait demandé et rendu le plateau, lorsque enfin après tant d'énervement il n'eut plus qu'à attendre, le temps dans la pièce se mit à bourdonner d'un son uniforme.

L'air était lourd malgré les fenêtres ouvertes, chaque minute de la nuit rendait plus irréelles ces lumières d'apparat. Les oreilles en feu, courbé sur la table au-dessus de ses dossiers, il luttait contre le sommeil. Plus tard il était, plus flagrante lui apparaissait l'erreur d'un tel rendez-vous, gâté d'avance par la convention du lieu, de l'heure et la proximité du lit. Le corps propre, le petit appartement rangé... Soudain, il se vit comme une femme en train d'attendre dans ses meubles une visite nocturne, – quelqu'un qui ne lui avait fixé rendez-vous que sur son insistance, quelqu'un qui le traitait comme lui-même traitait les filles, qui ne viendrait qu'après dîner, qui ne lui offrirait que sa fatigue, comment faire pour qu'elle ne voie pas le lit en entrant, comment faire pour n'être pas celui qui ouvre la porte, comment faire pour qu'elle n'entende pas dans le bruit de cette porte se refermant sur elle le bruit du piège, renversant sa chaise il se leva, il fallait huiler cette porte ou la décrocher, il fallait un lieu sans portes, sans murs et sans lit, il fallait rétablir le désordre et le hasard, il fallait ne pas être prêt lorsqu'elle arriverait, mieux peut-être ne pas être là du tout. Il froissa plusieurs pages de son mémoire et les jeta sur le tapis, il fit sauter ses chaussures et remonta ses manches, il ouvrit grand la porte, envoya voler le dessus-de-lit et, se saisissant du matelas, il le flanqua par terre et le tira avec toute sa literie jusque dans le salon. Il en rapporta deux fauteuils qu'il échangea contre les tables de chevet. Après avoir basculé le cadre de lit sur le flanc dans les craquements du vieux bois, il parvint à le retourner contre le mur, il le recouvrit avec le dessus-de-lit, puis il éteignit trois lumières et, s'essuyant le front, il recula de quelques pas. Ce n'était plus une chambre et c'était loin d'être un salon. La poussière moutonnait dans l'emplacement, la moquette ne présentait pas la même couleur, les poils aplatis marquaient quatre profondes empreintes, le sommier continuait à gémir sur lui-même, il lui arracha son rideau, il courut au salon, fit repasser le matelas par la porte et fut pris d'un étourdissement. Restait à remettre le sommier sur ses pieds, le matelas sur le sommier, il tituba jusqu'à la salle de bain, enleva sa chemise et baigna son visage à deux mains. Lorsqu'il revint, le téléphone sonnait dans une pièce.

– Une dame vous demande à la réception, monsieur. Dois-je...

– Oui... dit-il. Non dites-lui que je descends. »

Il s'élança dans un sens, il s'élança dans un autre, mais le nombre de gestes qu'il lui fallait accomplir pour un temps nul l'empêchait d'en faire aucun. Tout, autour de lui, portait les signes d'un véritable coup de folie. Torse nu, les jambes écartées, les bras sur la tête, il pleurait comme un papillon encollé, au milieu de la chambre 420 du quatrième étage du Grand Hôtel de Cabourg, il était deux heures du matin d'un jour nouveau et la Parisienne qu'il avait rencontrée la veille dans un café se tenait sur le seuil. Elle regardait les meubles renversés, elle le regardait lui qui pleurait derrière son bras, et elle pleurait aussi. Tout cela avait été trop long pour eux, ils se meurtrirent les lèvres l'un à l'autre et rejétés en arrière restèrent bouche ouverte à la face du ciel, hoquetant et se tenant les poignets à quatre mains, elle criait l'aorte! Quoi! il hurlait quoi! mais les pleurs étaient mécaniques et ils ne pouvaient souffler quand, tout à coup, cela passa. Ils remirent leur tête droite, et ils se regardèrent sans comprendre, en reniflant. Elle porta une main à sa gorge.

« ... La porte, dit-elle.

– Oui, dit-il. Viens, on va la fermer. »

Ils y allèrent sans se lâcher. Puis repartant latéralement ils revinrent sur leurs pas, ils avancèrent, transportant avec précaution leurs poignets attachés, jusqu'au bord du matelas. Ils fléchirent les genoux en même temps et chacun d'une main tirant à lui sur le tapis ce qui lui était le plus proche, ils ramenèrent pour leur couche, l'un un oreiller, l'autre un bout de drap, s'y enroulèrent et s'endormirent.

XI

Et parce qu'il ne s'agissait presque plus d'eux; parce
que quelque chose allait s'accompagner devant quoi
ils allaient devoir remettre toutes leurs prétentions;
parce qu'ils guettaient ce moment avec la même
terreur sacrée qu'un matin de Noël; parce que dans
les jardins, les monastères, partout, avant que la
lumière ne se reconstitue, chantaient les hommes et
les oiseaux; parce qu'elle respirait par le ventre et
qu'il ne respirait plus du tout; parce qu'elle sentait
frémir contre elle comme une patte de lapin qui
rêve; parce qu'ils entendaient sous le drap qu'il
pleuvait sur la mer et sur la France; parce qu'ils se
félicitaient confusément de l'avance énorme que
cela représentait d'être ensemble dans un lit, com-
parativement aux milliards d'autres vies encore à
l'état de mollusques dans le sable mouillé; parce
que le pain, le café étaient déjà inventés, les maillots
déjà tissés, les immeubles construits et qu'il n'y
avait pas à bouger; parce que la dernière fois qu'ils
s'étaient réveillés ils avaient enlevé sa robe, figure
contre figure ils dormaient sans vraiment dormir,
gros de la prochaine nuit et du prochain automne.
Et plus immobiles que nature laissaient durer l'affût; et faussement absents surveillaient la progression; et tout congestionnés, les yeux clos comme

deux lions assoupis, faisaient mine de n'être pas plus intéressés l'un que l'autre par la somme de sa poitrine ramassée entre eux sur le drap. Il apprenait à l'inclinaison du matelas qu'elle en avait beaucoup; elle connaissait à ses soupirs qu'il en avait la tête pleine; cependant, étant assurés qu'elle était leur propriété, tandis que personne n'y touchait, le bonheur était grand de somnoler au-dessus.

Aucun bruit ne montait entre les murs de l'hôtel. Les cuisines devaient être encore froides. La pluie avait cessé et le fourmillement gris de la lumière commençait à attaquer les contours de ces deux solitudes au ras du sol, lorsqu'il se mit sur un coude.

« Maintenant », dit-il.

Elle lança ses bras et sa tête en arrière, et le regard en fuite, lui tendit à travers le drap sa poitrine toute bombée. Mais, loin de la dénuder, il ne faisait que rassembler les plis à l'entour, tirait le drap, le froissait dans ses paumes et l'entassait lentement sur elle... Les jambes à l'air à l'autre bout du matelas mais le buste couvert jusqu'aux yeux, elle pouvait le voir au-dessus d'elle manier le linge avec une extrême délicatesse comme s'il s'était agi d'une de ces fines compresses dont on entoure les fromages frais, et il lui semblait en même temps qu'il regardait quelque chose bien au-delà d'elle-même quand, plus appliqué encore, il commença d'une main tremblante à démailloter son ouvrage.

Elle sentait le tissu bouger sous les doigts, elle voyait la masse de chiffon décroître et s'alléger, elle le voyait lui et son visage barbu du matin qui semblait vieillir à mesure, sans cesse elle redressait le cou pour essayer de voir aussi mais il la rabattait sur le matelas et s'il s'était trouvé dans le secret d'une chambre à déplier un foulard rempli d'écus, son expression dans la lumière oblique n'eût pas été plus inquiétante, ni plus sauvages les angles de son menton. Soudain, n'y tenant plus, il ramassa d'une seule brassée les dernières fronces, les derniers godets et tout ce qui remuait à l'intérieur.

« Ferme les yeux », dit-il.

Puis revenant à son ballot bien serré contre lui, il l'ouvrit d'un geste sec et la regarda aux seins.

Il demeura interdit. L'émotion venait de ce qu'ils étaient parcourus de veines sombres. Ils se montraient tout aussi émus que lui et ils étaient tout préparés en même temps pour la guerre. Il les dénicha à mains nues. Il avait désespéré de trouver un jour quelque chose d'aussi beau que ces deux seins veinés sur un corps de jeune fille et maintenant il était désespéré par cette beauté qu'il ne pourrait, sa vie durant, jamais faire que toucher, presser et supplier. Il les tenait entre ses mains comme de l'eau, et c'est défiguré par la souffrance, transporté par de nouvelles raisons de dénoncer dans son livre l'imposture du mot « posséder » qu'il y porta la bouche, et c'est embrasé par la révolte qu'il haussa les reins, s'arc-bouta sur les jambes et c'est finalement tout entier repris par le vieil espoir, gonflé d'une ambition à faire sourire les anges, qu'il lui fendit les cuisses, les chargea sur ses épaules et poussa le radeau vers le large.

« Blanche! cria-t-il. Qu'est-ce que tu es? Qu'est-ce que tu es? »

C'était la première fois qu'il l'appelait. En appui sur ses bras, il la fixait intensément. Leurs ventres frappaient l'un contre l'autre. Elle se cacha le visage avec les mains.

« Tu veux que je m'en aille, poursuivit-il méconnaissable, dis? Tu veux que je te laisse là, comme ça? »

Il s'arrêta au bord... Elle retira ses mains.

« ... Non! cria-t-elle.

– Alors dis-le! Dis-le! ordonna-t-il dans une nouvelle charge. Tu es quoi?... Tu es ma...? »

Elle restait la bouche ouverte. Requise d'un côté, elle ne comprenait rien de l'autre. Elle le dévorait des yeux.

« " Ma femme... " murmura-t-il. Tu es ma femme. Dis-le. Dis : je suis ta femme! »

Et de nouveau, il la pressa en même temps de la manière la plus vive.

« Attention, j'ai envie de pleurer... J'ai envie de pleurer... »

Il vit ses lèvres s'étirer jusqu'au sourire, l'eau monter dans son regard, son cou blanc s'arrondir, ces dégâts provoqués par sa faute le comblèrent au-delà de toute espérance. Il prit ses lèvres et boucha sa bouche avec la sienne et lui étouffa la langue au milieu des larmes et l'écrasa sous son corps et ils sentirent qu'ils s'éloignaient à grande allure, de plus en plus légers, de plus en plus intolérants et, les sens démultipliés par la contrainte des oreilles derrière les murs, par le mélange de leurs odeurs, de l'air et de la lumière, par la promesse de la mer et le présent de leur folie, ils emplirent la chambre d'une sorte de bavardage incessant... Et de reconnaître contre lui bientôt l'imperceptible trépignement qu'il avait décelé dans ses jambes de scène, et de le sentir se propager de ses jambes à toutes ses épaules, et de voir et d'entendre que, de chaque coup porté, il modifiait à l'infini la teneur de ses grimaces, la résonance de sa voix, le mit en si urgente nécessité de résister au bouleversement général qu'il fut presque désarçonné lorsqu'elle cria tout à coup « Ah! tu sais tout! tu sais tout! » et que, ruant de toutes parts entre ses bras, protestant à la va-vite de mille choses confuses, elle éclata brusquement de plusieurs rires.

Et elle perdit connaissance. Il se retrouva seul, le sexe enfermé dans ce corps inerte où il n'osait plus bouger. Il relevait des yeux éblouis sur la chambre envahie de soleil, il surveillait ses lèvres sèches, ses joues pâles, son souffle minuscule dans le silence nouveau et il cherchait sur le mur d'en face la force d'attendre son retour. Mais de plus en plus entamé par le spectacle de cette confiance absolue, de plus en plus excité par son propre interdit, tout doucement, tout doucement, les yeux rivés au mur, il se remit à creuser. Et tout doucement, tout doucement elle se remit à répondre et toute gémissante et endormie il la reconduisit sur le chemin et tout brûlants, tout ruisselants ils repartirent dans la tourmente et, de nouveau, de nouveau il lui fit rejaillir tous ses rires...

« Et toi? Toi aussi... implora-t-elle, elle retomba évanouie.

– Ah! non, pas moi... Pas moi », dit-il entre ses dents.

Sa vieille intuition de l'existence d'une femme inépuisable, cette fois, cette fois, si elle le laissait faire, si elle ne lui parlait pas, si elle l'aimait comme il l'aimait, il allait en avoir la confirmation au bout tout au bout de cette femme dont il ne savait rien mais au fond tout au fond de laquelle pour la première fois de sa vie d'homme il trouvait son but, sa fin et son accomplissement dans la seule fièvre du chercheur qui cherche, qui fouille et se fout de la peine et du temps...

La matinée avançait, les cris aigus montaient de la plage, les portes claquaient dans le couloir, après le tintement des tasses et des théières vint le mugissement de l'aspirateur, le bruit des clefs dans les serrures. A l'intérieur de la chambre 420, le fils de René et d'Adrienne, écartelé comme sur une croix dont les bras allaient de sa naissance à cette femme et de cette femme à sa mort, la menait toujours de recommencement en recommencement.

XII

Un coup violent donné contre la porte le réveilla en sursaut, une femme en tablier surgit dans le brouillard et le boucan de la mer.

« Oh! excusez-moi! » cria-t-elle et la porte se referma.

Il retomba lourdement contre Blanche. Elle gémissait, à demi inconsciente. Le soleil allongé sur le tapis l'atteignait en pleine figure. Il se releva aussitôt, s'attaqua aux battants de la fenêtre et régla le rideau, puis il enjamba son corps sur le matelas, revint de la salle de bain avec un verre d'eau et s'agenouilla pour lui soulever la nuque.

Ses lèvres tuméfiées, tout abîmées et desséchées se décollaient avec peine l'une de l'autre. Comme il lui présentait le bord du verre en s'appuyant sur le matelas, il lui sembla qu'elle essayait de dire quelque chose, il se pencha plus attentivement.

« ... pas... bou... ger », entendit-il.

Il éclata de rire.

« Oui, pas bouger, je m'en doute, dit-il d'une voix forte. Mais il faut que tu boives. Ouvre les yeux. »

Elle allait dire autre chose. Il guetta les efforts de sa bouche et tendit l'oreille.

« ... pas... par... ler...

— Pas bouger, pas parler et puis quoi encore?

s'écria-t-il joyeusement. Et manger? Non? « Pas manger » non plus? »

Il attendit un moment. Elle respirait régulièrement dans sa main. Il souffla sur le voile de cheveux qui traînait sur ses joues.

« Tiens, j'ai un verre d'eau », dit-il encore.

Cette fois, tout son visage frémit, ses paupières se resserrèrent et elle parut exaspérée.

« ... le... sais », murmura-t-elle.

Son bras n'arrivait plus à la soutenir sans trembler, il reposa doucement sa tête sur le matelas, rangea ses cheveux tout autour et la laissa se rendormir.

Aussi heureux qu'il était nu et affamé, il se glissa derrière le rideau et s'accouda à la fenêtre. La chaleur des derniers jours avait passé avec la pluie. Le sable au pied de l'escalier était encore criblé de trous. Un vent bouffon faisait claquer le drapeau autorisant la baignade, enflait la robe des tentes et d'immenses nuages éblouissants, à bonne distance du soleil renvoyaient sur toute la côte, avec les chapeaux qui s'envolent et les cerfs-volants, une atmosphère de fête officielle. Sa toute neuve conscience encore humide et ennuitée pouvait à peine supporter le face-à-face avec l'infini. Après la luxuriance, l'ombre et le feuillu du monde dont il venait, la simplicité de la mer et du ciel, la brutalité de la lumière, l'éparpillement, les cris futiles de ces petits êtres noirs et ignorants, l'absence de mystère qui régnait dans ce monde-là le firent rentrer précipitamment et tirer le second rideau.

Baigné d'une ombre rouge traversée çà et là de lignes de feu, le désordre de la chambre était adorable. A petites foulées, sans bruit, souplement sur ses pieds nus, il s'y promenait comme dans un jardin et se portait d'un angle l'autre, d'où, la main sur la hanche, une jambe au repos, il ne se lassait pas de contempler l'ensemble de son œuvre. Tous les points de vue convergeaient vers cette muette débauche de blanc que formaient à ses pieds les oreillers, son mouchoir, ses vêtements, le verre d'eau, la robe et la culotte de sa femme, et les draps en folie où surnageaient, dans les accidents du relief, des mèches de cheveux comme des ailes de corbeau. Un peu plus loin à la périphérie, il y avait ses papiers froissés, la corbeille, la chaise renversée, puis le traversin, la besace qu'oncle Edouard lui avait offerte pour son service militaire, le dessus-de-lit tourbillonné, on aurait dit une corde pour s'évader, puis le réveil, un cendrier, le téléphone et soudain, entre deux chaussures à talons, un sac de toile grand ouvert où il aperçut pêle-mêle une brosse, des sandales, des écrins de maquillage, un châle et une feuille de papier quadrillé. Il n'avait que la main à tendre. Il lut :

Le collier de pépins rose des Antilles (août 75)
Le lion debout de Lomé (Togo)
Le lion couché de Pékin (1er voyage)
Le margouillat de Garoua (Cameroun)
Le goulou-goulou d'Abidjan
La robe de chambre orange et le toucan de Mexico (printemps 78)
Le chat bleu de Murano
Les deux chouettes de paille de Changhaï
Le lapin de malachite (Hong Kong)
La boîte au dragon de Pékin (2e voyage)

Le camée d'ivoire rouge de New Delhi
(1er voyage)
Le scarabée de Conakry
La robe de chambre de Kyoto (Japon, avril ou mai 79)
Le 1er bracelet à boules d'or de Taïf (Arabie Saoudite –
perdu!)
Le 2e bracelet à boules d'or d'Amman (Jordanie)
La jupe aux éléphants de Delhi (janvier 80, 1er voyage)
Les deux pastilles de verre et la boule de Hébron
(Israël)
Le 1er jupon gris de Sumatra
Le 2e jupon rose de Java
L'éventail en plumes de paon de New Delhi
Le taureau Nandi de Madurai
Les fruits confits de Damas.

Qui aurait imaginé, à la voir, qu'elle avait tant
voyagé? Il sentit passer un petit courant d'air froid.
Tout en s'interdisant la comparaison avec son
enfance en Auvergne, les longues années de pen-
sion, les années d'études à Paris, quelques vacances
forcées toujours en Europe, il calculait rapidement
vingt-quatre, vingt-cinq ans, guère plus, mettons
quinze ans en soixante-quinze, quinze ans aux
Antilles oui, c'était possible, mais dix-huit ans à
Mexico, une première robe de chambre, entre-
temps le Togo, la Chine, le Cameroun... Une
deuxième robe de chambre... à peine un an après la
première... Alors entre la première et la seconde, il
y aurait eu Venise, un, deux retours en Chine,
l'Inde, la Guinée, non ce n'était pas possible... Et
puis tous ces animaux, ces précisions d'écolière, ce
bracelet perdu aussitôt remplacé, non vraiment,
il était plus raisonnable de penser qu'il s'agissait
là de cadeaux rapportés, probablement par son
père.

Il replia le papier avec amour et l'ayant remis dans le sac, il retourna près d'elle.

Elle avait recouvré quelque couleur, son visage était lisse, ses cheveux collés sur le front. La très fine exsudation qui perlait sur sa peau semblait monter d'une fièvre de bienheureuse. Il observait ses sourcils, sa grosse bouche, la façon dont ses mains étaient placées, la massivité de ce repos tenait de la pierre. La pauvre... La veille encore, elle chantait à tue-tête; violente et vive elle dévalait le perron du casino, elle courait vers ses amis et voilà qu'elle était venue tout droit se faire assommer... Comme elle s'était débattue, comme ils avaient été inutiles ses accès de colère pour affirmer qu'elle était libre quand déjà il était clair qu'elle ne l'était plus! Emu aux larmes, il approcha un doigt sous ses narines et sentit le petit souffle de sa vie, cette vie qui depuis quelques heures était à lui, pour lui, hallucinant cadeau arrivé dans la nuit tout seul sur ses jambes.

Alors, elle bougea légèrement, il aperçut, qui brillait dans un creux du drap, un grain d'or; et d'entre les plis retira une minuscule chaîne à maillons carrés, qu'il reconnut aussitôt pour être le deuxième bracelet à boules d'or d'Amman... Il referma le poing sur sa trouvaille et, jugeant que l'heure était venue de la nourrir, s'en alla passer commande, à croupetons derrière le cadre de lit et à voix basse.

Nu, solitaire et affairé, il allait et venait dans son champ de vision, sans la regarder. Ainsi était cet homme-là le matin, elle craignait confusément de le savoir. Et avant d'être surprise à demi réveillée, elle refermait les yeux. La logique de ses gestes et de ses déplacements lui échappait encore, elle se plaisait à prolonger cette enfantine félicité... Mais quelque chose en même temps, dans le fait d'être allongée si bas et sans force, tandis qu'il était debout et promenait autour d'elle sa belle santé, soulevait en elle une espèce de peur...

Il réapparut, vêtu d'un peignoir blanc. Un instant plus tard, on frappa à la porte. Elle le vit revenir chargé d'un grand plateau qu'il déposa sur la table. Il y avait dans ce zèle dont il faisait preuve au matin comme un ardent besoin de réparer quelque faute autant que de remercier...

Elle le vit encore fendre le pain et le beurrer puis il tourna la tête, leurs yeux se rencontrèrent.

Ils se regardaient de loin en silence. Rien dans le corps de Lucas n'indiquait son prochain mouvement et les secondes passaient.

Elle lui tendit les bras.

Il lâcha le couteau et courut vers elle.

« Comment te sens-tu? murmura-t-il contre sa petite oreille.

– ... Et toi?

– Moi j'ai peur... Je me sens devenir fou », dit-il très vite.

Elle sentait son souffle chaud le long de sa joue. Elle leva les yeux vers lui.

« Tu n'as pas dormi? »

Il lui prit la main et se redressa, préparant ses mots...

« Han! mon bracelet!! »

Elle porta la main à son poignet tandis qu'il portait la sienne à sa poche.

« On se demande bien comment tu l'as perdu... » dit-il finement.

Il sourit et le déposa sur le drap.

« On dirait un bracelet d'enfant, ajouta-t-il. Il te vient de ton père? »

Elle rassembla son courage.

« Non, dit-elle, de mon mari. »

Elle n'avait pas refermé la bouche qu'il était reparti s'occuper des tartines.

« Lucas! cria-t-elle, tu ne...

– Vous prendrez du thé ou du café? » dit-il.

XIII

Ils déjeunèrent en silence, les yeux baissés. Elle attendait le pot de café à la main. Même à la question « tu en veux, veux-tu que je te serve? » il ne répondait plus. La plaquette de beurre était réservée à son usage personnel. Elle en ouvrit une autre pour elle. Il ne la voyait pas, ne l'entendait pas. Ils empruntaient à tour de rôle le seul couteau qu'ils avaient trouvé et le reposaient. Chaque bruit était de trop. La tête vide, elle tenait la tasse fumante contre ses lèvres sans parvenir à concevoir une manière de reprendre la parole. Je n'ai trompé personne. La phrase se présenta toute formée à son esprit. Au même moment, elle s'entendit la dire tout haut :

« Je n'ai trompé personne. »

Elle releva les yeux. Il n'avait pas même tressailli. Sévère, il était encore plus beau. Il buvait à petites gorgées.

« Si par hasard nous devions nous revoir, dit-elle lentement, ton attitude présente n'est pas pour rassurer. En tout cas, elle te restera toujours comme un mauvais point. »

Il repoussa le plateau et s'allongea sur le dos, les mains sous la nuque, les yeux au plafond.

« Si on y pense bien, poursuivit-elle, je ne te dois

aucune explication. Mais naturellement, il y en a. Assez je crois pour que tu te sentes un peu ridicule. »

Elle s'interrompit un instant puis demanda :

« Tu es prêt à m'écouter?

– C'est moi qui pose les questions, dit-il tout à coup.

– Si tu veux. »

Elle s'allongea de même, de l'autre côté du plateau. Il commença d'une voix rauque :

« Vous avez combien d'enfants?

– Ah! bon, on se revouvoie! fit-elle. D'accord. Pas d'enfant.

– Combien d'avortements?

– Néant.

– Depuis combien de temps êtes-vous mariée?

– Sept ans. Mais nous sommes séparés, ajouta-t-elle. Quand j'ai rencontré François, j'avais quinze ans.

– Ah! bon, parce que c'est François?

– Comment? dit-elle en tournant les yeux vers lui.

– Je dis : « Ah! bon, parce que c'est François? »

– Mais bien sûr, c'est François...

– C'est encore plus moche que je ne pensais », dit-il en se levant.

Il ramassa ses habits et partit s'enfermer à la salle de bain.

En un tour de sang, elle fut sur le seuil, à cogner des poings et des genoux. La porte, à son étonnement, s'écarta. Il apparut, une serviette à la main. Son visage ordinairement si expressif n'était plus qu'un masque. L'eau coulait bruyamment dans la baignoire. Il la regarda de haut en bas, qui se tenait les seins à deux bras, avant de lui jeter la serviette.

« Que voulez-vous?

– Mais la salle de bain, dit-elle scandalisée. Tout de même!

– Si telles sont vos habitudes, je comprends que votre mariage n'y ait pas résisté... dit-il en s'effaçant. Mais prenez-la, je vous en prie.

– Si telles sont vos habitudes, dit-elle en allant tâter l'eau du bain, je comprends qu'on se borne à coucher avec vous. »

Et elle claqua la porte, qui se rouvrit aussitôt. Elle recula de quelques pas.

« Qu'est-ce qu'il y a? » fit-elle faiblement.

Et comme il avançait vers elle, elle se colla contre le lavabo. Il tendit le bras, prit ses affaires sur le tabouret et ressortit sans un mot.

Lorsqu'elle rouvrit la porte, il ne se retourna pas. Il était assis à sa table de travail, habillé de son seul pantalon blanc. Le dos large et musclé, les pieds nus ramenés l'un sur l'autre, il fumait la pipe dans la chaleur revenue en tournant les pages d'un gros dictionnaire.

Elle se glissa dans la chambre, retrouva sa robe et sa culotte et s'habilla sans bruit. Puis se ravisant, elle chercha son sac, retira la culotte et passa un maillot de bain. Elle rangea ses chaussures à talons et mit des sandales. Enfin elle se brossa les cheveux. Il n'avait pas bougé.

« Au revoir », dit-elle.

Il ne répondit pas. Elle marcha jusqu'à la porte, tourna la clef, abaissa la clenche et s'en alla.

De l'autre côté de la porte, c'était l'hiver. Le couloir n'en finissait pas. Dans la lumière des appliques électriques, entre les murs sourds et le tapis mou, elle ne s'entendait pas marcher. Les yeux chauds, le ventre encore tout fourmillant, elle avançait en silence, n'aimant plus ses bras nus. L'anse du sac lui blessait l'épaule. Elle sentait les commissures de sa bouche tirer vers le bas et toute sa peau brûler comme au soir d'une journée de soleil. De tout cela, il ne voulait plus, il le lui avait rendu. Elle appuya sur le bouton et l'ascenseur arriva avant qu'elle ait fini, d'un dernier regard vers le couloir désert, de compter les portes.

XIV

Ils n'avaient pas dû être très différents, les sentiments des êtres légendaires réchappés des eaux, échoués au bord d'un continent. A plat ventre contre la terre, les cils étoilés par les larmes, elle se laissait battre par le vent en surveillant dans l'ombre de ses bras croisés sous son front la petite mouche des sables, si légère qu'elle se tirait de tous les enterrements. Le son coupé des voix sous le ciel, le sonnement creux des ballons, le bruissement d'un journal envolé, les aboiements et les pleurs dérisoires lui parvenaient comme de très loin. Au désordre du monde, à la rumeur des vagues, se mêlait le souvenir des gestes de la nuit. Et sous la morsure du soleil, quand le vent brutalement s'arrêtait, quand l'air et les bruits soudain se figeaient et chaque fois qu'elle rabattait les paupières, elle le voyait dans des giclées de rouge, et quand il avait posé les deux pouces au bout de ses deux seins en la fixant des yeux, et quand il l'avait remise droite et réinstallée sur l'oreiller pour être mieux dans l'axe, et quand il avait ramassé sa bouche entre cinq doigts et tout ramené vers la sienne comme un singe mange un fruit, et le râpeux de son menton et le soyeux de ses épaules, et le pelage de ses cuisses et le têtu de ses idées, toute sa façon de faire et ses volontés d'homme... Et quand elle serait vieille encore, la marque de tous ces gestes que sur son corps il avait faits, un matin d'été – le matin où il avait voulu d'elle –, lui en cuirait encore comme autant de gifles inexpliquées. Ainsi peut-être courait-on d'homme en homme jusqu'à ce que l'un d'eux, en pleine course, vous arrête. D'autres avaient fait, d'autres feraient après lui les mêmes gestes... Mais qu'il ait eu le droit d'ouvrir les boutons de sa robe, mais qu'il l'ait vue nue et toute suppliante, mais qu'il ait découvert sa mouillure et qu'il y ait trempé les doigts, mais qu'il l'ait entendue crier et pleurer, mais qu'il l'ait connue cernée, défaite et sale, que soient entrées par la pupille de ses yeux toutes ces images d'elle et que maintenant, il puisse s'en aller et les emporter, que maintenant il puisse éprouver du dégoût peut-être au souvenir de ses rougeurs, de ses soupirs et de son excitation de femme, tout cela pour la première fois, à travers l'irréductible honte qui grandissait en elle, lui paraissait être quelque chose qu'elle ne pourrait plus, de sa vie, ni surmonter, ni dépasser.

Et le corps ensablé, les mains sur la tête, tandis que lui revenait l'histoire de ces soldats pour qui le temps s'était arrêté dans l'explosion d'une bombe, tandis que lui revenait le cas de ces femmes murées à jamais, qu'une seule nuit d'amour semblait avoir comblées pour toute une existence, tandis que lui revenait, au contact de la terre, le manque de lui au creux des jambes et que la fourche de son os soulevait pour sa misère un petit tas de sable entre ses cuisses, elle gémissait tout fort dans le vent pour être remportée au temps où il la courtisait... Avec quel aplomb, quelle détermination il les avait suivis sur la route; dans quelle nervosité il avait surgi à la sortie du casino; de quel regard assassin il avait accueilli François à Saint-Cloud; comment il s'était battu pour elle à la terrasse de la brasserie, et quand il l'avait prise dans ses bras et qu'il tremblait de haut en bas sans oser l'embrasser, et de quel air buté il avait répondu la première fois comme pour cacher qu'elle lui plaisait, et le coup du tabac perdu qui n'avait été que prétexte à lui montrer la cambrure de ses reins aussi instinctivement, aussi clairement que le faisaient les animaux, image après image, elle remontait les instants qui avaient présidé à sa propre conquête lorsqu'un brutal et violent vomissement lui refluant dans la gorge l'arc-bouta à genoux sur le sable « tu es ma femme, ma femme, tu es ma femme », elle venait de retrouver cette phrase qu'il avait dite.

« Est-ce qu'on peut vous aider, madame ? dit une voix d'homme.

— Vous êtes de l'hôtel, madame ? On peut prévenir quelqu'un ? » dit une autre voix.

La nuque basse, elle secoua la tête. Ma femme, il lui avait demandé de dire qu'elle était sa femme, il l'avait nommée ainsi devant tout le peuple de la brasserie...

« Attention ses cheveux vont dedans... »

Elle sentit qu'on lui jetait de l'eau dans le cou. Une main répandit la terre d'un petit seau d'enfant sur le sable devant elle.

« Elle ne se sent pas bien ? cria une femme dans le lointain.

— Il ne faut pas qu'elle reste au soleil... Mettez-lui ce chapeau. »

Elle se releva.

« Merci, dit-elle, je vais bien... Non, à qui est ce chapeau... Merci... Je vais aller me baigner... »

Elle marcha un moment dans les flaques et les reflets avant d'atteindre les premières vagues. Bien qu'un peu impressionnée par cet événement d'elle-même, il lui semblait qu'était restée derrière elle la personne à qui c'était arrivé. Les rouleaux éclataient contre ses jambes, charriant tout autour d'elle des garçons essoufflés. Elle fit un nœud de ses cheveux et progressa vers l'horizon. Le vent sifflait dans ses oreilles, les planches à voile filaient sur les crêtes, les dangers convergeaient de toutes parts. Elle ouvrit les bras et s'élança.

Pour son premier bain de l'année, elle se jugea plutôt vaillante. L'eau était lourde et froide, elle ne s'occupait plus que de la repousser entre ses doigts écartés et tout ce qui était grave, d'un coup, ne lui parut plus l'être. Les vagues couraient à sa rencontre, menton en avant elle brisait a contrario, dans la poussière glacée des intempéries elle montait et descendait de sommets en vallées, des millions de facettes miroitantes l'aveuglaient et la mer de tous côtés lui retournait des claques, à elle la volupté d'être en vie, à elle l'infinie diversité des sentiments et des situations, à elle la succession des mois et des émois qui bouclent une vie... Au cœur même de ce qui s'annonçait comme un ébranlement de son être, tout ce que la terre et ses nuages réservaient de batailles, tout ce que l'intelligence pouvait saisir en une minute, des bonheurs les plus petits aux souffrances les plus grandes, d'avance elle en embrassait la fatalité. Mais où avait-elle pu prendre qu'il l'avait renvoyée puisque c'était elle au contraire qui, magnifiquement, telle une femme fâchée, avait quitté la chambre. Elle le voyait replié sur lui-même commencer à subir les effets de son intransigeance et derrière la déception dont il avait fait preuve avec tant de violence, elle entrevit tout à coup le plus grand des hommages. Elle souffla et se retourna.

Dans l'alignement des maisons bordant la côte sur des kilomètres, l'hôtel apparut ridiculement petit. Ses balcons de pierre et leurs voûtes en arceaux se fondaient dans la lumière. C'était à peine si elle pouvait distinguer la fenêtre du quatrième étage. Doucement, reculant sur le dos, elle battait l'eau de ses mains et de ses jambes, une croissante euphorie la rendait plus légère qu'une feuille à la surface des flots. Avec François qui continuait de veiller sur elle et dont Lucas, quoi qu'il en eût, avait singulièrement rehaussé l'existence, voilà qu'aujourd'hui, comment ne pas en rire d'aise, voilà qu'elle se trouvait à la tête de deux hommes! Il lui appartiendrait autant dorénavant de gérer que de ménager le vieil amour de l'un et le fougueux amour de l'autre.

XV

Elle sortit de l'eau en titubant, ramassa ses affaires qu'elle transporta un peu plus loin et se coucha sous le ciel, épuisée.

Son cœur aplati battait encore au rythme de la nage, ses oreilles bourdonnaient, elle ferma les yeux. Les mains à plat sur le sable chaud, elle sentait le monde sous elle glisser de l'autre côté du soleil et plusieurs fois en quelques secondes, une impression de tomber dans le vide lui fit agripper une poignée de sable. Une colère d'enfant éclata dans les airs, puis le bruit sec d'une tape sur la tête. « Tiens, j' l'ai pas vue partir, celle-là! » Un court silence l'accueillit, et les pleurs s'élevèrent. « T'en veux une autre, dis? Regarde ma main, Christophe! Elle est prête, tu sais! Tu la veux? »

Blanche releva la tête. Et juste comme elle allait la reposer, elle aperçut, qui descendait l'escalier de la digue, Lucas en maillot de bain, une serviette sur l'épaule. Aussitôt, elle se recoucha et ne bougea plus. Du bleu, il y avait du bleu partout. N'eût été le chagrin de ce petit, les choses approchaient la perfection...

Un instant plus tard, il allongeait sa serviette à côté d'elle et se penchait pour fouiller dans le grand sac. Elle se redressa.

« Vous fouillez dans mon sac?

– Je ne voulais pas vous déranger, dit-il en s'interrompant. Je cherche la crème pour mon nez. Vous ne l'avez pas apportée?

– Quelle crème? De quoi parlez-vous?

– Mais la crème, pour le soleil...

– Je n'en ai pas.

– Comment, vous n'avez pas de crème! s'exclamat-il. Mais une femme a toujours un tube de crème dans son sac...

– Une femme? Quelle femme? fit-elle en se rendormant.

– Eh bien, ma mère, par exemple, avait toujours un... »

Il constata qu'elle était secouée de rire contre le sol.

« Qu'est-ce qui vous prend, dit-il, vous avez perdu la tête?

– Non, non, je pensais seulement que j'avais aussi oublié votre... votre pelle et votre petit seau! »

Et le fou rire de nouveau l'emporta.

Il ne répondit pas.

Debout dans le vent, le nez froncé, les yeux plissés sur l'horizon, il se frottait la poitrine avec incertitude.

« Dans ces conditions, je ne sais pas si je vais rester », murmura-t-il.

Elle tendit la main, lui saisit une cheville.

« Allez... Couchez-vous donc. Il fait bon par terre. »

Lucas chercha des yeux tout autour.

« Où est-ce que je me mets? » demanda-t-il.

Il présentait ce même air perdu et soumis qu'elle lui avait vu, la veille sur la route, peu avant qu'ils se fixent rendez-vous. Elle tapota la serviette à sa gauche.

« Là. Là. Venez là. C'est votre place. »

Il s'y laissa tomber et s'étendit sur le ventre, une joue tournée vers elle.

Ils fermaient les yeux. Côte à côte, coude contre coude, ils se sentaient redevenir entiers. Un long soupir parfois s'échappait d'eux sous l'écrasement de la chaleur. Il y avait longtemps qu'ils n'avaient éprouvé une telle impression de sécurité.

« Je voulais vous dire... » commença-t-il.

Elle ouvrit un œil à la lisière de son bras.

« Oui?

– Vous avez un corps loufoque... Je n'avais jamais connu de corps comme celui-ci. »

Ses longs cils serrés scintillaient sur sa joue. Il parlait comme en dormant, d'une voix brisée et monocorde. La force du soleil lui donnait un rythme lent.

« Vous avez des jambes interminables... et un ventre minuscule. Vos seins sont... incroyablement vivants et vos épaules sont celles d'une orpheline... Vous avez un cul mais pas de hanches... Rien ne va avec rien... »

Ses lèvres restèrent entrouvertes, il se mit à respirer plus vite tandis que ses sourcils remontaient loin sur son front.

« ... Vous êtes tout à fait inattendue », conclut-il.

Et tous les muscles de son visage, d'un coup, se relâchèrent. Il ajouta :

« A la fois longue... et ronde... »

Et parut tomber en sommeil.

Elle referma les yeux. Un faible ronflement lui confirma qu'il dormait. Les bruits de l'univers reprirent leur ampleur. Le vent et le soleil se chassaient l'un l'autre entre leurs omoplates. L'air transportait des bribes de musique. A la chair chaude de leurs bras s'accrochait l'odeur crue de la marée.

« Je ne supporterai plus une fille normale, dit-il dans un sursaut.

— Là vous dites des bêtises, gronda-t-elle. Il n'y a pas de fille normale. Tout le monde est bizarre. »

Mais dans la crainte subite qu'il ne se fâche, en même temps elle avança les doigts sous le sable jusqu'à son coude. Il les sentit, tout de suite les attrapa, lui broya la main et passa le bras autour de ses épaules.

Ils demeuraient ainsi noués, front contre front, dans l'ombre d'eux-mêmes et l'anéantissement général. Ils n'avaient pas le besoin de se regarder. Ils se rencontraient là, dans ce silence particulier, au-dessus de ce petit désert de sable qu'ils avaient délimité, où la contemplation des grains de roche et de verre, des microns de débris de coquillages, des éclats de mica et des cristaux de quartz polis, usés, rabotés par les vents et les nuits depuis le début des temps favorisait leurs pensées.

« A Paris dans leur cercueil, mes parents se tiennent comme nous, murmura-t-il. On n'a jamais pu les détacher l'un de l'autre.

— Qu'est-ce qui est arrivé?

— Ils étaient soudés. Après la mort toutes les articulations...

— Non, ça j'ai compris, dit-elle vivement. Mais comment?...

— Noyés dans un lac », dit-il.

Ils ployèrent la nuque d'un même mouvement.

Un moment après, elle chuchota :

« L'un des deux a voulu sauver l'autre, c'est ça?

— Non, le contraire.

— ...

— Il était fou de jalousie. Il l'a tirée au fond de l'eau.

– Comment le sais-tu?

– J'étais là.

– Et tu n'as rien pu faire?

– J'avais huit ans », dit-il.

Elle mit le nez dans son cou et se serra contre lui.

Il la repoussa.

« Ça va bien, je n'attends pas de sollicitude. Voilà trente ans que je vis avec cette image au fond de moi. »

Elle retira son bras.

« Excusez-moi. Ce n'est pas du tout le sentiment qui m'animait. »

Elle replia les jambes sous ses talons et, penchée à l'abri de son sac, alluma une cigarette.

Lucas s'installa sur le dos.

« Vous en voulez une? » demanda-t-elle.

Il secoua la tête.

Décidément, il était difficile avec lui de maintenir l'humeur. De ses lèvres sans force, elle tirait sur la cigarette et lui trouvait un goût de fumier. Pour les autres gens à l'entour, les choses paraissaient être plus simples, plus légères, il lui sembla, tout à coup, que le ciel s'était couvert. Maintenant qu'ils avaient couché ensemble, qu'ils s'étaient dit l'essentiel, que restait-il à vivre sinon des jours de pluie, des petits matins froids, des dîners au restaurant, des marches en silence à la recherche d'un cinéma, comment inventer, comment durer, une envie de crier lui faisait trembler le cœur.

« Vous devriez remettre votre soutien-gorge, dit-il.

– J'y penserai.

– Cette mode n'est pas pour vous.

– Ce n'est tellement plus une mode qu'il y a longtemps que ça ne choque plus personne, si c'est ce que vous voulez dire, répondit-elle. Regardez autour de vous. »

Il se redressa, envoya voler la cigarette et la renversa sur le sable.

« Je me fiche de ce qu'il y a autour de nous, dit-il les dents serrées. Je t'aime. Je t'aime à en crever. Et je ne veux pas voir tes seins le jour, tu m'entends. Jamais à la lumière du jour. Tu me les as donnés. Ils ne sont plus à toi. Et c'est moi qui m'en occupe maintenant, c'est compris ? »

Elle fit signe qu'elle acceptait.

Il sourit, mais son regard était plus qu'étrange. Les yeux au fond des siens, il la regarda jusqu'à ce qu'elle se décompose et que les larmes brillent.

« Où est-il, dit-il doucement, il est dans ton sac ?

— Qui ?

— Ton soutien-gorge... »

Elle se mit à rire sans bruit.

« Mais non, il n'est pas là... Il faudrait que tu ailles le réclamer au magasin...

— Arrête de rire, commanda-t-il, mais il commençait à rire aussi. Quel magasin ?

— Le magasin où j'ai acheté la culotte... dit-elle. Chez « Tendrement Vôtre » à Paris. C'est un petit modèle qui se vendait tel quel. Mais tu peux toujours aller faire un scandale ! »

Ils finirent dans les rires et roulèrent sur le sable.

Puis, comme les rires tournaient court, comme les gestes se faisaient lents, et lourds les regards :

« Allez ! cria-t-il, on rentre à l'hôtel. »

Et bondissant sur ses jambes, il l'abandonna dans l'état.

XVI

Ils vivaient les heures comme mari et femme les années. Midi sonna sans que l'un et l'autre encore aient appréhendé minuit. Dans le cadre de fenêtre les voiliers lentement longeaient l'horizon du lit. Les bouillons de leurs draps finissaient aux lignes blanches de l'écume. Mâchoires à la renverse, cheveux épars, ils dormaient séparés malgré eux comme deux fusillés tombés n'importe comment. Loin des parents qui les avaient mis au monde, jusqu'à l'excès ils faisaient usage de leur corps. Il n'y avait pas deux jours qu'ils s'étaient parlé pour la première fois. La connaissance ne leur avait rien apporté que chacun ne sût déjà.

Le chant triste de la tuyauterie secoua les murs du vieil hôtel. En leur absence, toutes choses inanimées demeuraient comme en suspens, dans l'ordre arrêté par les femmes de ménage. C'était le règne de l'air. Les mouches du littoral entraient et sortaient, le jour en poussière étincelait.

Le long du couloir, les gens allaient et venaient. Les uns gagnaient leur chambre, les autres la quittaient tandis que sous la peau nue des corps qui reposaient derrière la cloison, les deux cœurs au ralenti accomplissaient de ventricule gauche à ventricule droit le même mouvement de flux et de reflux. Inertes, élégantes et comme désarticulées traînaient de part et d'autre sur le drap les extrémités qui leur appartenaient. Le sang coulait dans le réseau des veines et des vaisseaux jusqu'à la pulpe des doigts. Les versants des chairs les plus fines à rebours de la lumière se couvraient d'écailles de nacre. Cuisses ouvertes, paumes tournées vers le ciel, ils inclinaient progressivement le front. Les respirations s'enchaînaient comme en réponse et les doigts remuaient.

La mer était haute, la plage surpeuplée. C'était l'heure du revirement, l'heure où personne n'espère plus de la promesse contenue dans l'air du matin, l'heure où les vagues deviennent fatigantes.

L'après-midi, les grandes personnes sont plus calmes mais la plage est plus petite, le jaune est plus jaune et le bleu, vert foncé. Le long du rivage la mer est agressive et les chiens sont rentrés. Vient l'heure du dîner. Les éléments se remettent du tumulte de l'humanité. Quelques solitaires en chandail reviennent sur la grève. Ils se saluent au passage et s'estompent avec le soir. Ainsi sous le ciel finirait ce samedi.

Ils ne partageaient pas le déroulement commun. Heure après heure, ils se détachaient des autres hommes, des habitudes et de l'ordre éternel qui dicte l'emploi du temps. Depuis que l'heure qui blanchit les campagnes, qui relève les vaches et les chevaux et embarque les pêcheurs les avait vus s'accoupler, la notion de jour, la notion de nuit, la sensation de faim, la sensation de soif ne les commandaient plus. Seul le sommeil les prenait par surprise et deux heures sonnèrent.

Un mélange de sable et de larmes collait la fente de leurs paupières. Tout ridés par le vent, ils recommençaient à fermer les poings à la manière des nouveau-nés. La vie était là sans que rien d'autre qu'elle-même, apparemment, l'anime. Elle était là, battant d'un battement continu sous un enchevêtrement de membranes que ni amour ni espoir ni aucun sentiment ne sous-tendaient plus Mais pas plus que les batraciens le palpitement de leur goitre verdi par le temps, du battement de cette vie ils n'étaient les maîtres.

XVII

DODUES et ramassées au coin du plafond, les moulu-
res badigeonnées au blanc... on aurait dit de la
meringue. Des rideaux de velours rouge... le lit face
à la fenêtre... C'était une chambre de ce monde mais
laquelle... Avec François... la chambre de Nantes...
Non, à Nantes on n'entendait pas la mer... Rien ne
remuait que ses yeux encore à demi aveugles. Paisi-
blement, ils s'ouvraient et se refermaient dans le
silence d'elle-même où, peu à peu, comme au premier réveil dans un pays exotique, la rejoignit
l'atmosphère de l'homme nouveau qu'elle avait rencontré. Lucas! Cabourg! Le concert! Tout le bonheur de sa vie actuelle rejaillit, elle se retourna, la
place à côté d'elle était vide.

« Lucas... Lucas!... »

Elle s'entendait le réclamer d'une voix de luxe,
que la certitude de le voir accourir pour la couvrir
de baisers rendait plaintive. Nul ne répondait.

« Lucas? »

Elle tendit l'oreille puis se leva, marcha jusqu'à la
salle de bain et revint au milieu de la chambre, où
elle découvrit combien déjà l'état de solitude ne lui
était plus familier. Trois heures. Le directeur du
casino et son épouse devaient l'attendre au bar.
Sa mère, François qu'elle n'avait pas appelés, la

réalité n'était pas facile à retrouver, elle se précipita sur ses habits.

Quelques instants plus tard, elle courait le long du couloir. Les portes de l'ascenseur s'ouvrirent et, par-delà les pinces de tourteaux, les roses et les fougères qui dépassaient d'un grand carton, ils se trouvèrent nez à nez.

« Où vas-tu?

– Oh! je dois partir! J'ai rendez-vous! s'écria-t-elle en trépignant sur le palier. J'avais oublié!

– Où? Avec qui? cria-t-il en déposant son chargement.

– Mais je n'ai pas le temps, je t'expliquerai », dit-elle en s'engouffrant dans l'ascenseur.

Il bloqua les portes, lui attrapa le bras.

« Laisse-moi, Lucas je te dis, je suis en retard. Je reviendrai après!...

– Quand? Non! »

Il la tira dehors, la projeta sur le mur. Elle n'était pas remise de sa surprise qu'il l'entraînait par le couloir.

« Arrête! Mais qu'est-ce qui te prend! criait-elle. Aïe! Arrête! Mais tu me fais mal!... »

Il la plaqua contre la porte, se jeta contre elle, elle sentit sa main libre s'agiter entre eux, il va sortir son sexe pensa-t-elle en un éclair mais ce n'était que la clef, ils se retrouvèrent face à face à l'intérieur de la chambre, porte bouclée.

Elle se massait le poignet. Il tremblait sur ses deux jambes. Il envoya la clef à travers la pièce et s'effondra sur le lit.

Sans un mot elle alla la ramasser puis se dirigea vers la sortie.

Lucas se leva sur son passage.

« Non, fit-il d'une voix rompue, je ne peux pas accepter.

– C'est moi qui ne peux pas accepter. »

Il mit les poings dans ses poches, renversa la tête en arrière.

« Vous ne m'aimez pas, dit-il.

– Bien. Que vous faut-il de plus?

– Pourquoi êtes-vous si désagréable tout à coup?

– Je ne cherche pas à être désagréable, dit-elle. Je souhaite au contraire que nous nous entendions.

– Mais votre voix est dure. Je ne sais pas si vous vous rendez compte à quel point vos intonations sont blessantes parfois...

– Je ne le fais pas exprès, répondit-elle en se contenant. C'est ma façon de parler. Et je vous répète qu'on m'attend.

– On vous attend, et alors? Quelle importance? Rien ne vous y oblige...

– Ecoutez, dit-elle, à l'avenir si vous le voulez, nous déciderons ensemble de mes prochains rendez-vous. Mais celui-ci est pris et je dois m'y rendre. Laissez-moi passer. »

La tristesse se peignit sur son visage.

« Vous ne devriez plus avoir besoin de ce rendez-vous, dit-il, quel qu'il soit. Ni d'aucun autre... Je m'étonne que vous ayez encore envie d'y courir.

– Et moi je m'étonne, s'écria-t-elle, que vous vous permettiez de me juger au bout de quarante-huit heures! Il s'agit de mon travail! ajouta-t-elle en tapant du pied. Et je...

– J'allais vous en parler, justement, de votre travail. Pourquoi voulez-vous encore travailler? »

Son calme, son assurance la désarçonnèrent.

« Voudriez-vous me répéter ce que vous venez de dire?

– Je dis simplement qu'il est pénible de vous voir

fréquenter un monde aussi futile. Et je crois que toute personne qui vous aimerait un peu ne pourrait que souffrir de vous voir vous produire ainsi sur une scène. Vous valez infiniment mieux que ça!

— Attendez un peu, ça va trop vite pour moi là, dit-elle en se rapprochant, les yeux hors de la tête. Qu'est-ce que vous connaissez de ce monde-là?

— Mais je les connais! s'écria-t-il. Je les connais par cœur, je les ai vus toute mon enfance! Et je vous vois. Et je les vois vous regarder! Et je ne comprends pas que votre mère, ou même François qui prétend vous aimer...

— Laissez François de côté pour l'instant, vous me ferez plaisir...

— Alors disons votre mère...

— Ma mère pareillement.

— Bon. Je constate qu'il n'y a pas moyen de parler avec vous.

— Si! Si! Continuez! Au contraire, fit-elle. Il était temps que nous ayons cette discussion. »

Il marchait de long en large dans la chambre. Il lui donnait le tournis.

« Cependant vous m'interrompez constamment, dit-il.

— Parce que vous m'attaquez dans ma vie!! hurlat-elle soudain, se prenant la tête à deux mains. C'est ma vie!! C'est ma vie!! C'est ma vie!! Ma vie!! »

Et sans doute aurait-elle continué à piétiner le sol jusqu'à la crise de nerfs s'il n'avait couru la ceinturer.

« C'est ma vie... sanglotait-elle d'une voix éraillée sur son épaule, c'est ma vie... Depuis toute petite, je veux être chanteuse... »

Il la conduisit vers le lit, la fit asseoir et s'accroupit à ses pieds. Le réveil marquait trois heures et demie. Alors qu'elle toussait, reniflait, rejetait ses cheveux en arrière et lui cachait son regard, il attendait lui pétrissant une main qu'elle veuille bien à nouveau le lui accorder.

« Tout vient de ce que je vous mets si haut, murmura-t-il. Je vous mets plus haut que tout... »

Un dernier soupir acheva de la délivrer et toutes les manifestations de son être disparurent. Relevant les yeux, elle retrouva le visage de Lucas qui lui souriait avec douleur.

« Vous voulez téléphoner?...

– Oui, dit-elle.

– C'était important? De qui s'agit-il?

– Le directeur du casino.

– Et où est-ce que vous aviez rendez-vous?

– Ici, au bar.

– Oui, en effet, dit-il, il serait plus correct de le prévenir... Vous n'êtes plus en état maintenant...

– Non, je ne suis plus en état. »

Il porta l'appareil, le lui posa sur les genoux. Elle décrocha le combiné.

« Vous savez ce que vous allez dire?

– Non... pas exactement, bredouilla-t-elle en raccrochant.

– Je peux l'appeler de votre part, si vous préférez...

– Non... non, il vaut mieux que ce soit moi.

– Vous avez raison. Eh bien, voilà, vous n'avez qu'à dire : « Monsieur, je regrette vivement de vous « avoir fait attendre, croyez-le bien. Un empêche- « ment de dernière minute me retient. J'espère que « vous ne m'en voudrez pas de ce contretemps. Je « me permettrai de reprendre contact avec vous « dès que possible... » Ça va, vous vous en souviendrez? Vous voulez que je vous l'écrive?

– Non, ça ira, dit-elle. Mais...

– Qu'est-ce qu'il y a? Dites-moi...

– Ça vous ennuierait de m'attendre dans la salle de bain?... Je n'y arriverai pas si vous m'écoutez.

– Mais bien sûr! dit-il en s'enfuyant. J'y vais tout de suite. Prenez votre temps. »

Un moment plus tard, il passa la tête dans l'entrebâillement.

« Je peux revenir? »

Elle était étendue sur le lit, les yeux au plafond. Il s'approcha, retira le téléphone et se glissa à côté d'elle.

« Il faudrait peut-être aussi que vous appeliez François?

– Je l'ai fait, dit-elle.

– Ah! bon. Et qu'est-ce qu'il a dit?

– Rien. »

XVIII

Son corps se levait, se penchait au-dessus de Lucas, sa voix lui disait, je dois partir à présent. Je vous reverrai ce soir probablement. Non, très naturelle, elle lui disait, je chante encore ce soir. C'est à neuf heures. J'aimerais que vous voyiez mon spectacle... Son corps reculait, traversait la pièce, franchissait la porte, s'en allait par le couloir et il courait et il courait le long de la route et sa main atteignait le pommeau du portail et son cœur bondissait aux aboiements d'Ursus et ses jambes gravissaient quatre à quatre les marches de l'escalier et sa voix criait Maman! François! Vous êtes là? Et ses oreilles entendaient la bonne voix maternelle qui répondait ah! voilà Blanche! Blanche, tu as déjeuné? Nous sommes dans le petit salon! Il y a eu des téléphones pour toi! Veux-tu du thé, veux-tu deux œufs, oh! oui, deux œufs et un bain et des habits propres et quelles nouvelles et parler et rire et nous avons fait un point à ton corsage, Blanche, et oh! maman je l'aime! Je l'aime! Nous avons passé la nuit ensemble! Maman! Tu es ma maman, serre-moi dans tes bras, je ne suis pas lavée, je n'ai pas déjeuné, je n'ai pas dormi, j'ai vomi, j'ai pleuré toute la matinée, je ne vois plus clair, je ne sais plus que faire, le concert commence dans cinq heures, je n'ai pas vu le directeur, j'ai manqué à moi-même, j'ai manqué à François si joyeux de nous recevoir, j'avais promis de l'aider ce matin à cueillir les plus hautes cerises du cerisier, j'avais promis de l'accompagner chez madame Berreby et comment va son fils qui était si malade et où en sont les dahlias que j'ai plantés à Pâques, Brice et Maryvonne ont-ils bien dormi dans la chambre du fond, comment allez-vous, tous, depuis que je vous ai quittés à la nuit noire, c'était il y a longtemps! J'étais jeune et légère! Je voulais chanter! Je voulais plaire et vous étonner! J'appartenais encore à « la petite personne »! Revienne ma seule force vive, revienne la magie de tes mots le soir au bord de mon lit... « Tu es née avec elle. Elle vit au fond de toi. C'est elle qui te fait souffrir. C'est elle qui te fait rêver. C'est elle qui te fera chanter. Il te faudra la soigner. Il te faudra la protéger. Elle est fragile. Elle est facile à tuer. On voudra te la prendre. Il ne faudra jamais la donner. Tu peux donner ton temps. Tu peux donner ton corps. Tu peux donner ton amour. Tu ne devras jamais donner « la petite personne »... « Maman, il a touché à « la petite personne »! Je ne l'entends plus! Je ne la sens plus! Et ma rage s'est tue avec sa petite voix... Il a craché sur toi, il a craché sur moi, je n'ai pas pu lui répondre, je suis heureuse et moribonde. Je n'ai plus envie de rien que de lui, que de lui, c'est la même bonne fatigue, le même comblement, ce n'est pas la même gloire mais c'est mieux que la chanson! Il a raison... Pourquoi nous relever puisqu'il faudra dans quelques heures nous recoucher. Pourquoi toujours s'habiller et courir. Pourquoi errer de ville en ville et pleurer le soir dans un vieil oreiller. Pourquoi chercher les auditions et les humiliations, pourquoi passer mes dimanches et mes nuits à écrire les partitions d'un bonheur que je suis obligée d'inventer de toutes pièces pendant que d'autres le vivent, pourquoi le ciel, les saisons, les étoiles, les hommes, les rivières et les oiseaux ne sont-ils là que pour entrer dans mes chansons de merde qui n'ont pas su le retenir sur sa chaise, pourquoi la moindre de mes émotions doit-elle devenir d'utilité publique, pourquoi sacrifier ma vie à des gens que je ne connais pas, pourquoi, pourquoi ne suis-je pas à moi? C'est à cause de « la petite personne »! C'est elle qui m'empêche d'être une femme normale, c'est elle déjà qui m'a fait quitter François, c'est elle qui me fait quitter tout le monde, sauf toi, et ma solitude, c'est elle encore qui se dresse entre lui et moi, elle qui a provoqué notre première dispute, c'est elle toujours qui surgit dès que je suis amoureuse, je chie sur « la petite personne », elle ne me fera pas quitter celui-là! C'est l'été! Je me fous de la célébrité! Je me fous des directeurs de casino! Je veux être sa femme! Je n'ai chanté jusqu'à présent que pour le rencontrer! Je n'ai traversé ce que j'ai traversé que pour un jour être aimée comme il m'aime! Il est magnifique, il est sévère, il me comprend au-delà des mots, comme nous il aime la beauté et la pureté, il est absolu, il...

« Vous n'êtes pas bien, dit-il, je le sens.

— Si, très bien au contraire, mais... Est-ce que je ne t'ai pas vu tout à l'heure avec un gros crabe?

— Avec deux gros crabes, tu veux dire! Mais oui! Mais où sont-ils? Oh! ils sont restés dans le couloir! Attends un peu que je les rattrape! »

Il sauta du lit. Elle éclata de rire.

« C'est que... On ne te quitte pas comme ça, toi! lança-t-elle en le voyant courir.

— Ah! non,... Ça non, personne ne m'a jamais quitté comme ça! Les petits effrontés! »

Et si pressé de ressortir, il se heurta à la porte fermée.

« Ah! ah! »

Il se retourna.

Elle agitait la clef entre deux doigts.

« Ah! ah! ah! »

La tête basse, il revint vers le lit. Elle fronça les sourcils.

« Mais qui sont ces deux tourteaux, exactement? A quelle heure aviez-vous rendez-vous? Je m'étonne, après ce qui s'est passé entre nous... »

Il fondit sur elle.

« Non, non!

Et tandis qu'elle riait et se débattait, il travaillait ses doigts un à un et se rapprochait de la clef, elle roula sur le côté.

« Qu'est-ce qu'on dit?... Qu'est-ce qu'on dit d'abord? hurla-t-elle au bord de la défaite.

– On dit pardon... Une excuse... Mon amour... Mon royaume pour...

– Ça va bien, file! » cria-t-elle.

Et loin dans le couloir, il l'entendit encore rire de satisfaction.

XIX

Elle mit un peu d'ordre dans le lit. Il revint avec le grand carton. Ils commandèrent du vin blanc, une salade, des toasts et deux millefeuilles aux fraises. Blanche mit les roses dans un vase. Lucas sortit des journaux, des tablettes de chocolat, puis une petite robe en crêpe de soie qui tenait dans une main. Il la laissa couler sur le dossier du fauteuil.

« Tiens, fit-il sans cérémonie.

— Mais d'où ça vient? Qu'est-ce que c'est?

— C'est pour que tu puisses te changer si tu en as envie...

— Hou! Elle a l'air merveilleuse...! Mais tu n'aurais pas dû, Lucas..., dit-elle d'un ton peiné en la soulevant dans les airs, j'ai tout ce qu'il faut chez moi! »

Elle le sentit dans son dos détaler vers la salle de bain. Peu après s'éleva le bruit du rasoir. On frappa à la porte. Elle cacha les tourteaux et fit entrer un jeune homme sans regard, qu'elle escorta jusqu'à la table basse.

« Vous travaillez au bar? lui chuchota-t-elle tout à coup. Vous connaissez Pierrot Colin, l'éclairagiste du casino?

— Oui, il est en bas. Je viens de le voir. »

Elle fit signe de parler moins fort.

« Ecoutez, je devais le rencontrer à quatre heures et je l'ai manqué... Ça vous ennuierait beaucoup de lui dire, de la part de Blanche, que je l'attendrai ce soir à six heures, directement dans la salle... Blanche, six heures... Vous pourriez?

– D'accord, je lui dirai », murmura-t-il.

Elle le remercia des yeux, posa sa signature au bas du papier qu'il lui tendait et le jeune homme se retira.

« Tu viens? » cria-t-elle.

Elle mit le couvert, disposa les tourteaux dans les assiettes, éloigna le plateau, approcha les fauteuils. Et comme elle entendait toujours le ronronnement du rasoir, le geste lui vint de décapiter une rose, qu'elle plaça entre les pinces du crabe de Lucas. Puis elle se laissa tomber sur le coussin.

Il allait être bientôt cinq heures. Une lumière dorée allumait le rouge des carapaces et le cristal au bord du seau à glace, des hirondelles rieuses sillonnaient le ciel à hauteur de la fenêtre et Lucas, visage sombre, pénétra dans la pièce.

« Qu'est-ce qu'il se passe? » s'écria-t-elle.

Il s'assit sans un mot et commença à verser le vin. Mais ses yeux, furtivement, inspectaient toutes choses à l'entour à la manière d'un policier, ils s'arrêtèrent sur la rose en offrande.

« Pourquoi est-ce que tu casses mes fleurs? »

Elle resta sans voix.

« Je t'ai posé une question. Tu ne m'entends pas?

– Il y a autre chose, Lucas, ce n'est pas possible?... Ce n'est pas possible que tu fasses une scène pour cette rose...

– Je ne comprends pas qu'on abîme les fleurs.

– Que ces fleurs soient à toi, alors que j'ai cru, sottement, qu'elles étaient pour moi, dit-elle en se redressant, c'est une chose. Et je te présente toutes mes excuses. Mais que sous un prétexte aussi nul, tu essaies de me gâcher cet excellent repas, ça, je ne le souffrirai pas. »

Et se saisissant de la rose, elle l'envoya par la fenêtre.

« Voilà. Bon appétit », ajouta-t-elle sèchement. Et elle prit la fourchette.

Le silence entre eux était installé. Ils ne se donnaient plus à entendre que le bruit du casse-noix et celui de leur succion à l'intérieur des pattes. Lucas remplissait régulièrement les deux verres. Les forces leur revenaient et avec elles une confiance nouvelle. Face à face, ils pensaient l'un à l'autre et leurs esprits ne se gênaient pas. Ils savaient qu'ils étaient ensemble. Sur cette base, ils parvenaient à réfléchir aussi bien que s'ils avaient été séparés, sans s'effrayer que ce fût désormais la condition pour retrouver la paix qu'ils connaissaient lorsqu'ils ne se connaissaient pas. Et la dernière miette de ce déjeuner vit Lucas se lever, chercher son tabac, apporter à Blanche ses cigarettes, un linge humide pour ses doigts, la flamme d'un briquet et tous les signes d'un homme heureux.

« Alors... fit-elle toute chagrine, qu'est-ce que c'était que ce gros nuage ? »

Il vint se coucher aux pieds du fauteuil. Elle posa la main sur sa tête tandis qu'il préparait la pipe.

« Rien... rien du tout, dit-il. N'y pense plus.

— Mais si, tu peux me dire, maintenant...

— Ce n'était pas grave, je te dis...

— Allez... J'ai besoin de savoir.

— Non, rien... Un mot que tu as eu sans faire attention.

— Quand ?

– Tout à l'heure.

– ... Parce que j'ai dit « on ne te quitte pas comme ça »?

– Non, plus tard... Au moment de la robe. »

Elle tira une bouffée de sa cigarette et réfléchit. « Je ne t'ai pas remercié?...

– Non, non, ce n'est pas ça.

– Dis-le-moi, Lucas, ce sera plus simple. Vraiment, je ne vois pas... Qu'est-ce que j'ai dit?

– Tu as dit " chez moi ". »

XX

Loin au bout de son bras, sa main arrondie autour du crâne de Lucas percevait les inégalités de naissance, captait la tiédeur et le bouillonnement souterrain, le coiffait de son alanguissement. La présence de sa main sur cette tête témoignait humblement de ses sentiments. Dans le même temps, elle se plaisait à la regarder de haut. L'index et l'annulaire un peu relevés, les autres doigts à l'abandon, ce n'était pas la main d'une pianiste sans piano, c'était la main d'une amoureuse lorsque, l'apercevant de nouveau au milieu des cheveux noirs, elle lui trouva un air de chose morte. Elle la retira.

« Tu vois, dit-il, je savais que tu m'en voudrais.

— Oh! Lucas...! Il faut quand même que je puisse être libre de mes gestes... »

Il se leva et se mit à arpenter la pièce en silence.

« Qu'est-ce qu'il y a cette fois? Qu'est-ce que j'ai dit?

— Rien. Tu continues, c'est tout, fit-il la voix sourde. Ce n'est probablement pas ta faute. On voit bien que tu n'as jamais aimé.

— Je ne sais pas ce qui te permet de dire ça...

— ... Mais toutes ces expressions qui te viennent naturellement « chez moi... », « être libre... » Et

117

dans cinq minutes tu vas me dire « je dois téléphoner » ou « j'ai rendez-vous »...

– Exactement, dit-elle.

– Quoi?

– Eh bien, oui, Lucas... J'ai rendez-vous! Je n'y
peux rien... Je suis venue ici pour travailler, on
dirait que tu fais exprès de l'oublier...

– Mais est-ce que je travaille, moi? hurla-t-il.
Est-ce que je te fais cet affront?... Mais je peux
travailler, moi aussi, si je veux! J'en ai, aussi, du
travail! »

Il s'élança vers ses dossiers.

« Regarde! Regarde! »

Il jetait les feuilles par paquets, qui retombaient
en pluie autour de lui.

« ... *Le langage comme maladie!*... *La profération au
secours de la terreur!*... *Nouvelle esquisse pour une
traduction du bruit originel!*... Voilà! Voilà! J'en ai du
travail!... Et *Derniers souvenirs des eaux!*... *Vers une
seconde explication du mutisme de Dieu!*... Voilà!...
Regarde! Chapitre huitième! *Protection et pérennité
des jurons!*... Tu crois que ce n'est pas du travail,
ça?

– Arrête! Lucas... Arrête! Arrête! »

Elle courait partout, ramassait les feuilles, lui
retenait le bras, il continuait de l'autre.

« ... Et ça? *"Mama", premier et dernier des mots
intelligibles!*... Tout ça!... *Etude pour un retour adulte
au balbutiement!*... *Le mot, blessure ouverte du silence!*... Tu vois? Tu vois? C'est pas difficile! Et *Quid
de l'optimisme de Leibniz!*... C'est bien du travail, ça,
non?... Et est-ce que je t'emmerde, moi, avec tout
ça? »

Il balança le reste d'un revers de main et s'effondra sur la chaise. Elle se précipita contre lui.

« Mais je m'y intéresse, à ton travail...! murmura-
t-elle. Beaucoup! Beaucoup... Nous avons eu si peu

de temps! Je n'ai pas osé, jusqu'à maintenant, te demander de m'en parler, j'ai eu tort, j'attendais que tu en aies envie! J'attendais que ça se fasse de soi-même...

– Allez... Allez à votre rendez-vous. »

Il se cachait derrière son bras, comme à deux heures du matin elle l'avait surpris dans sa folie.

Elle l'embrassa sur la joue.

« Je ne serai pas longue », chuchota-t-elle, et retrouvant tout naturellement une de ses méthodes de respiration contre le trac, elle ajouta d'une voix ferme :

« Je vais voir l'éclairagiste du casino, pour le concert de ce soir. Mais je repasserai ici à sept heures. J'aimerais que vous voyiez mon spectacle. Je chanterai mieux qu'hier soir si je sais que vous êtes dans la salle. Je chanterai pour vous... Nous irons ensemble et nous rentrerons ici, ensemble. Vous voulez? Et puis nous parlerons... Et puis nous prendrons le temps de nous connaître... »

Il ne répondait pas.

Elle déposa un dernier baiser sur sa joue, se releva lentement, s'éloigna à reculons, attrapa son sac et s'enfuit.

Et voilà! Toutes, toujours, il fallait qu'elles fassent ça avec les portes... Merde! Doucement, quoi! Toujours à les claquer, toujours à les manipuler, toujours à disparaître derrière avec un pli au front et des airs d'avoir à faire, que ce soit pour s'en aller, que ce soit pour se laver, que ce soit pour cuisiner, sous prétexte qu'il y a de la fumée, sous prétexte qu'il y a de la buée, partout tout le temps leurs mains volettent autour des portes pour les tirer, pour les pousser, les unes derrière les autres à l'infini les femmes et les portes à longueur de journée n'arrêtaient pas de se relancer et quand les portes sont ouvertes, elles veulent qu'elles soient fermées, mais quand elles sont fermées, ah! quand elles sont fermées, elles veulent les ouvrir! Et après, quand les portes se plaignent, elles crient cette porte qui grince, René! Pour l'amour du ciel occupe-t'en, elle me fait souffrir! Cette porte qui bat, Lucas, cent fois je te l'ai demandé... Je l'entends la nuit gémir au fond du jardin! Mais quand les portes sont silencieuses, il faut les entendre noter d'une voix désolée, je ne t'ai pas entendu rentrer, cette nuit... Plus de ça! Les portes seraient huilées, fixées, rabotées, les courants d'air arrêtés par des feutrines, la cuisine serait ventilée et modernisée, Antoine et Fils s'occuperaient de la véranda, on ouvrirait les fenêtres, on porterait les édredons au soleil, une fois l'herbe fauchée, les orties arrachées, les groseilliers nettoyés, en peu de temps les rosiers, les glycines et les mufliers reprendraient vie... Pour le bois, c'était avec Puicesseau qu'il fallait voir, son téléphone devait être encore sur la liste derrière la porte de la cuisine, elle aurait vite fait d'apprendre qui est qui, de mettre des croix en face de ceux qui sont morts, de trouver de nouveaux bras au bureau de la Fromagerie, de reconnaître l'eau de pluie de l'eau de source, de régler les tapettes à souris, d'interroger la girouette avant que les gros nuages sortent des montagnes, les femmes savent d'instinct ces choses-là en arrivant dans une maison... Elle aurait sa salle de bain et une chambre pour elle seule, pour se sentir libre, pour écrire ses lettres ou pour faire ses ongles, peut-être la chambre d'angle qui a le meilleur lit mais le vent certains jours porte les cris des oies de madame Vivien de ce côté de la maison... Il n'était pas dit non plus que madame Vivien ait encore ses oies... Elle pourrait recevoir sa mère, et même François si elle le voulait, remettre en service le jeu de dames et le jaquet et de la cave remonter les grands vins de plus de trente ans d'âge, et des armoires sortir les robes et les chaussures qui lui plairaient, avec le retour de la vie réapparaîtraient la boîte à couture à odeur de bonbon, les napperons, les timbales en argent, les cannes et les chapeaux de soleil dans le pot à l'entrée et tous les trésors oubliés. On sortirait la Buick du garage, on irait chercher Emilie dans son village, si elle n'était pas mariée, même si elle était mariée, on les ramènerait elle et son mari, à la maison, elles deviendraient vite amies toutes les deux, Emilie croirait se revoir jeune fille, elle-même, lorsqu'elle avait pris le service et elle pourrait lui indiquer où on rangeait les draps, dans quel salon on servait le café, quels étaient les jours de passage de la Coop et du poissonnier, que le cidre et le champagne sont directement livrés à l'office, qu'il faut offrir un verre au livreur une fois qu'il a porté les cageots mais éviter de le faire asseoir, Emilie reprendrait son repassage au bruit du réveil de la cuisine et tant que ne serait pas debout le premier enfant, elle pourrait préparer son plat de poires au riz sans répéter « sors de mes jambes »... Il serait possible alors peut-être de donner enfin cette réception pour tous ceux qui avaient pris la peine d'accompagner le corbillard jusqu'à la grand-route. Les vieux à pied qui poussaient leur bicyclette par le guidon pour grimper la montée de la forêt, dans l'humidité du soir et les odeurs de fumée de bois, ne devaient plus être de ce monde, mais restaient pour la distraire les enfants de madame Chambellan avec lesquels il serait facile de renouer puisqu'ils avaient toujours eu l'attention de faire suivre à Paris les cartons de leurs mariages et des naissances qui en résultèrent... Restaient sans doute aussi les petits Martineau qui pourraient lui montrer leur collection de papillons... Et si encore elle en éprouvait le besoin, il serait facile d'aller à La Bourboule, au Mont-Dore, de la conduire vers l'une ou l'autre de ces stations fréquentées, ce n'étaient pas les casinos qui manquaient et les directeurs, en souvenir de la famille et de tout l'argent que les Boyenval avaient claqué chez eux, se feraient un honneur d'accueillir son spectacle un samedi soir ou quand elle le voudrait...

Il se levait, faisait le tour de la chambre, s'arrêtait devant la fenêtre, en repartait sans le vouloir. N'eût été la conscience de sa propre présence qui accompagnait chacun de ses gestes et lui rappelait qu'il était seul, il n'aurait souffert de rien. Elle avait dit qu'elle allait revenir, mais de ce qu'elle était allée faire exactement et de ce qu'elle avait dit qu'ils devaient faire ensemble le soir, il ne se souvenait pas... Il suffisait de l'attendre encore un peu... Elle le lui redirait en rentrant. Il commença à ranger ses affaires, puis demanda à la réception qu'on veuille bien lui préparer sa note. La lumière était encore belle pour prendre la route, avant minuit ils seraient en Auvergne. Il prit sa trousse de toilette et cherchant toujours du côté de sa mémoire qui elle lui avait dit qu'elle allait voir, et pourquoi, il se dirigea vers la salle de bain.

L'information, intacte, inouïe, dans sa toute première force, plus de trois quarts d'heure après avoir atteint son intelligence, le frappa dans le dos.

XXI

Il y avait du vert, il y avait du rose, il y avait de l'outremer et du gris sombre, il y avait les lances d'or de la gloire piquées dans du coton, il y avait par nuées à ne plus savoir où donner de la tête le lâcher des Amours, il y avait ce soir dans le ciel comme dans les jardins du couvent le jour de la Fête-Dieu tout ce déploiement de couleurs et de formes, c'était exactement un ciel à devenir religieuse... Elle courait, tête levée, riant de rien, en paix avec sa mère, en paix avec François, en paix avec elle-même, une brosse à dents et un tee-shirt pour la nuit dans son sac, elle courait le bonheur aux chevilles avant qu'il soit sept heures.

Poussée par le trop-plein de vie qui gonflait sa poitrine, elle remontait le flot des hommes et des femmes revenant vers les maisons, tous les événements à la fois se jetaient en travers de sa vue, l'éclair d'une bicyclette, une lassitude sur un visage, un sucre d'orge tombé dans la poussière, la chute d'un bébé, les acrobaties des martinets dans l'affolement des moucherons, à la vitesse du vent elle participait de tous les mondes, touchée à pleurer de l'innocence de ses semblables qui rapportaient avec gentillesse leurs petits objets personnels, qui raccompagnaient vers le lit du soir des enfants inconsolables tandis qu'elle courait, courait vers son destin... Encore un peu et elle n'aurait pas assez d'une vie pour lui raconter tout ce qu'elle avait vu ce soir dehors, mais que se passait-il donc ce soir entre le ciel et la terre pour que tout fût si beau et chantât, avant qu'elle le fît elle-même, en public et devant l'homme qu'elle aimait, les vicissitudes sacrées?

Soûle d'air et de lumière, elle arriva en fièvre aux marches du Grand Hôtel, gagna le quatrième étage et posément le long du couloir avança jusqu'à la chambre 420.

Comme dans les rêves les plus fous, la clef était sur la porte.

Mais derrière la porte, il n'y avait que la nuit.

Le silence, une chaleur étouffante, au premier pas, s'abattirent sur elle. Toute les portes, les fenêtres étaient fermées, les volets baissés, les rideaux tirés. Encore aveuglée par le couchant, elle progressa à tâtons. L'ombre animée d'un grouillement de bestioles jaunes devant ses yeux écarquillés ne laissait aucun repère. Une forte odeur animale montait du lit. L'existence indéfinie d'une autre présence que la sienne régnait dans les ténèbres de manière atmosphérique et rendait le lieu immense. Elle murmura :

« Tu dors?

Elle attendit sur place.

Peu à peu, dans la blancheur d'un oreiller, apparut une touffe de cheveux sombres.

« Lucas... Je suis revenue... »

Les couvertures remuèrent, les draps se gonflèrent et s'affaissèrent, elle vit briller deux yeux.

« Ça ne va pas? » chuchota-t-elle.

Elle approcha, s'assit au bord du lit.

« Lucas, réponds-moi, je ne te reconnais pas... Tu me fais peur... Tu es malade?

– Oui... Non... fit-il d'une voix presque inaudible, je ne sais pas ce que j'ai...

– Mais qu'est-ce que tu ressens? Tu as mal quelque part? »

Il soupirait longuement. Elle n'osait pas le brusquer.

« J'entends des bruits...

– Quels bruits?

– Je ne sais pas... Comme un écoulement d'eau...

– Je n'entends rien, dit-elle. Mais je peux aller voir à la salle de bain, si tu veux. Il y a peut-être un robinet qui est resté ouvert... »

Elle se leva.

« J'y suis déjà allé... Plusieurs fois... Rien ne coule... »

Elle se rassit.

« Tu ne peux pas parler normalement? dit-elle.

– J'essaie... Je ne peux pas forcer... »

Elle écarta le drap, vit qu'il était tout habillé. Il se recouvrit précipitamment.

« Tu sais qu'il fait encore très beau dehors?

– Quelle heure...

– Plus de sept heures. La demie même, sans doute... Je peux allumer? Je voudrais regarder sur le réveil.

– Ah! non... Non, j'ai froid... J'ai froid... Viens dans le lit avec moi. »

Elle laissa retomber sa main.

« Je comprends une chose, dit-elle tristement. C'est que toi, tu ne viendras pas au spectacle avec moi...

– Mais viens... gémit-il. Il faut d'abord que j'arrive à me réchauffer...

– Et moi, il faudrait que j'enlève ma robe, que je

la remette, que je me recoiffe... Non Lucas, je n'ai pas le temps...! Moi j'étais venue pour te chercher! Je pensais que tu serais prêt! Ce n'est pas très gentil ce que tu fais... Dans une heure j'entre en scène! Ce ne sont pas des conditions pour se concentrer...

– Mais j'ai froid, je te dis... Viens... »

Et elle entendit comme une souris qui pleurait.

« Ooh?... Lucas chéri... Mais tu pleures? »

Elle tomba sur lui, de vraies larmes mouillaient ses joues.

« Mais pourquoi tu pleures? Ça ne va vraiment pas, alors... Qu'est-ce qu'il se passe? Qu'est-ce qui arrive à mon amour?

– Rien qu'un petit moment... Pour que je puisse venir avec toi... C'est tout ce que je demande...

– Bon... Mais tu promets alors... Ferme les yeux, j'allume un instant. Voilà. Il est huit heures moins vingt. Promets-moi que dans vingt minutes nous serons debout tous les deux.

– Oui », dit-il.

Elle se déshabilla, coucha sa robe à plat sur le tapis et entra dans le lit.

Ils ne bougeaient pas. Ils ne parlaient pas. Ils ne se voyaient pas, ils respiraient à peine. Leurs bras, leurs jambes conservaient la première position trouvée. Leurs muscles restaient tendus sous la menace du temps. Ils se tenaient fortement serrés et se guettaient l'un l'autre.

C'était la chambre de Lucas, c'était le lit de Lucas, c'étaient ses bras, son odeur et sa peau, elle le reconnaissait, elle lui avait parlé, il avait répondu, c'était Lucas et pourtant ce n'était pas lui.

« Pourquoi tu te méfies de moi?

– Je ne me méfie pas...

– Alors pourquoi tu ne te serres pas contre moi?

– Ecoute... Je ne peux pas l'être plus, là... Tu sens bien...

– Mais tu es lointaine... Tu n'es pas avec moi...

– Je suis là, chuchota-t-elle, et contre toi. C'est dans ta tête, tout ça. Ferme les yeux et ne nous torture plus. »

Il obéit.

Un moment après, il reprit sourdement :

« Si je te demandais de prendre mon sexe dans tes mains, tu le ferais?

– Oh! Lucas... fit-elle en se redressant, c'est infernal! Mais qu'est-ce que tu as?

– Réponds-moi... J'ai besoin de savoir... Tu le ferais?

– Mais non, je ne le ferais pas! Bien sûr que non. Tu le sais parfaitement. Et si tu continues je me lève tout de suite. »

Il dégagea une main, dégagea une jambe, avant qu'elle comprît la position qu'il cherchait, il était couché sur elle de tout son long et s'y frottait à grands mouvements.

« Lucas! »

Il la fit taire en appliquant sa bouche, écarta le bord de la culotte et s'enfonça.

Des lèvres qu'il lâcha ne sortit qu'un gargouillis de salive. Les jambes et les bras qu'il libéra ne se levèrent que pour se refermer sur lui. Du ventre qu'il croyait forcer une force plus grande encore le tira plus avant. La rage, une rage muette et pleine de grâce, s'était emparée de sa victime. Il n'avait plus assez de la surface de son corps pour couvrir cette araignée mouvante et pâle qui grandissait, qui s'évasait dans l'ombre autour de lui, le roulait entre ses membres, le mélangeait à sa douceur, lui extorquait ses plus lentes réserves... Déjà partiellement engourdi, il ne savait plus où se donner pour la contenter. Elle s'accrochait à ses cheveux, le soulevait par les aisselles et le remettait sur son ventre, disparaissait dans l'oreiller et resurgissait dans l'épouvante, tout s'arrêta, elle le berçait en cadence et, dans le lointain, il l'entendit rire étourdiment.

Il demeura suspendu, immobile et vigilant.

Elle ne bougeait plus.

— C'est bien... dit-il tout bas, c'est très bien... Il le fallait avant que tu chantes.

— Je n'ai pas fini! fit-elle avec colère.

— Non... Là, il ne faut plus, protesta-t-il, non... Là, on n'a plus le temps... »

Mais déjà elle l'avait remporté, elle sanglotait je m'en fous... Foutue pour foutue! Je m'en fous... Foutue pour foutue oh! oui, je m'en fous!...

XXII

Autour des jardins devant le Grand Hôtel, les voitures tournaient à la recherche d'une place. Les portières claquaient. Les femmes en robe longue, parlant entre elles, attendaient dans le vent. Le jour était encore là, sur le vert des pelouses. L'air salé du soir poissait les vitres et les écharpes de soie. Talons et souliers vernis franchissaient de concert l'étendue de goudron. Les hommes en noir et blanc accompagnés d'un cliquetis de clefs revenaient sur leurs pas, le châle oublié à la main. Propres, parfumées, en pied sous le ciel surgissaient de partout des silhouettes supérieures. Les visages brunis et reposés, s'apercevant de loin, se saluaient muettement... De tous les côtés de la ville, on précipitait les maîtres d'hôtel, on allumait un dernier cigare, on réclamait les desserts et l'addition, on prenait rendez-vous pour minuit, pour souper, pour se raccompagner, on marchait en direction du casino.

A quelques mètres au-dessus des têtes dans la chaleur d'une chambre, la chanteuse qui ouvrait la soirée, recouverte d'un homme au pantalon baissé, dormait. Son nom dehors, affiché en lettres noires sur fond jaune, remuait au gré du vent. Il était repris et chuchoté de bouche en bouche, il s'échangeait contre un billet, il donnait droit par personne à une chaise et une consommation. La salle commençait à se remplir. Calmes et réguliers, les deux sommeils s'entretenaient l'un l'autre. Le nez dans ses cheveux, la bouche ouverte, il rassemblait la mer à son oreille. Rien ni personne ne leur voulait de mal.

Un ange lui toucha l'épaule, il se réveilla.

« Blanche! »

Il fit la lumière, tomba debout, la secoua, courut remonter le volet.

« Blanche! Lève-toi! »

Il porta le verre d'eau, mit la robe sur le lit, sortit la brosse à cheveux, rapprocha tout ce qu'il put, se pencha sur elle.

« ... pas... bou... ger...

– Si! Si! Bouger, et vite, il faut que tu ailles chanter!... »

Ses paupières étaient énormes. Lentement elles se relevèrent sur un regard d'un autre monde qui se riva au sien et ne le quittait plus.

« Qu'est-ce que je peux faire mon Dieu, qu'est-ce que je peux faire pour t'aider? supplia-t-il. Il y a du démaquillant dans ton sac? »

Il renversa le contenu de la trousse, trouva du coton et un flacon de quelque chose qu'il pressa au creux de sa main. Une matière blanchâtre en jaillit, il lui en enduisit la figure et passa le coton comme il avait vu faire.

« Bou... teille... bleue... »

Il renouvela l'opération avec le liquide de la bouteille bleue, enfonça quelques carrés de chocolat dans la bouche, la rinça au whisky, glissa un bras sous la nuque, l'autre sous les cuisses et il la posa sur ses pieds.

« Ça va... Tu tiens? »

Le temps qu'il se saisisse de la robe, elle partait de travers, dangereusement sur ses jambes.

« Où vas-tu? » s'écria-t-il en la rattrapant.

Elle lui retourna un visage implorant.

« Laver?...

– Mais non, non tu n'as pas le temps! Allez, vite, lève les bras! »

Tandis qu'elle attachait les boutons un à un tout le long du devant, il tirait sur ses cheveux de l'autre côté avec la brosse, ses deux chaussures attendaient dans le sens de la marche, elle n'eut qu'à présenter le pied, appuyée sur Lucas qui fixa deux pressions de part et d'autre et la poussa dehors.

« Avance! Avance, cria-t-il jetant dans le sac ce qu'il restait de féminin, épars sur le lit, va appeler l'ascenseur! »

Il fut sur le palier avant elle.

« Ça va aller... Ça va aller très bien, dit-il plus inquiet qu'elle dans l'ascenseur qui les emportait. Tu es belle... Tu es très émouvante, tu sens l'amour, on voit que tu es heureuse, poursuivit-il à toute allure... C'est important ça, tu sais, c'est quelque chose qu'on sent lorsqu'on est dans la salle, le dernier spectateur là-bas, tout au fond, tu vas le bouleverser... hein? Et moi, je serai là pour t'écouter, je ne te quitterai pas des yeux, hein?... »

Les portes s'écartèrent. Il prit sa main, ils foncèrent à travers le hall. A l'embouchure du couloir, la petite troupe conduite par la mère et François qui montait vers la réception de l'hôtel à la recherche d'un certain Lucas se rabattit sur leurs talons. On leur ouvrait les portes, on se serrait dans les virages, on s'aplatissait contre les murs sur le passage du peloton, c'est Blanche! La voilà, elle est en retard! Par là! Par là! criait-on, Gisèle! Où elle est Gisèle, va l'aider à s'habiller! Il tendit les affaires de

Blanche à une fille, Blanche lâcha sa main, François, la mère le dépassèrent, deux, trois, cinq personnes le bousculèrent encore et il se retrouva seul, devant une porte close.

Il alla se mêler au désordre des derniers arrivants qui se pressaient à l'entrée de la salle, tendit son billet, le bras d'un gros type fit barrage.

« Désolé, monsieur. Vous ne pouvez pas entrer comme ça.

— Mais voilà mon billet, prenez-le! Qu'est-ce qu'il vous faut de plus?

— Une cravate... Une veste, au moins, si des fois vous en avez une. »

Il serra les poings, se contint.

« Je suis un ami de l'artiste. C'est moi qui l'ai conduite ici. Très sincèrement, monsieur, je n'ai pas eu le temps de me changer...

— C'est le règlement », dit l'autre et les deux gros yeux stupides se portèrent ailleurs.

Entre manquer l'entrée de Blanche et ne pas entrer du tout, il choisit. A toutes jambes, au bord de tomber, il refit aller et retour le chemin qu'il venait de parcourir, il était à nouveau sur le seuil, la salle était encore éclairée, par petits foyers éclataient des impatiences et des frappements de mains.

« Vous avez l'heure? souffla-t-il en sueur à la face du type.

— Vous avez le billet? »

Il s'arracha les poches, se lança des claques partout, non il ne l'avait plus.

« Tenez, le v'là, fit tranquillement le type au meilleur de sa forme. Il est vingt et une heures quinze. Vu l'absence de cravate, j'aurais préféré

vous faire entrer dans le noir. Mais c'est déjà mieux.
Allez-y.

– Vous, par contre, ce ne sera jamais mieux... » Et
content de l'avoir placée, il se sauva entre les
petites tables.

Il eût été bon à la suite d'en insulter encore
quelques-uns, mais nul ne se souciait de lui, il n'y
avait plus rien à faire à présent qu'à attendre, les
mains entre les jambes. Avoir été quelques minutes
plus tôt le maître des choses, avoir tenu entre ces
mains-là le sort de cette soirée, être un des proches
de l'artiste, un parent même bientôt, et échouer
aussi brutalement du côté des oisifs lui laissait au
cœur l'amertume d'un auteur trahi. Deux aimables
personnes le prièrent de bien vouloir se décaler
d'une chaise, il refusa. Ce soir, de l'avènement du
spectacle à la pagaille qui devait régner dans les
coulisses, tout était son œuvre, ces deux incultes
grâce à lui auraient déjà le privilège de voir paraître
sa femme, qu'elles s'asseyent et se taisent.

XXIII

N'EÛT-ELLE produit aucun son, Blanche et ses formes, Blanche et son violon, Blanche et ce pan de robe à l'aplomb d'une fesse fouettant comme une feuille agitée par le vent, Blanche muette, debout et simplement cette jambe à l'écart qui signait son génie, en soi déjà eût été un spectacle. Voilà de quoi, si elle en avait douté un instant, il allait tout de suite l'assurer... Et qu'en quelques notes à travers elle nous nous sentions en hiver perdus dans un dancing au fin fond des pays de l'Est, aussi bien volions-nous vers les étoiles avec la putain qui délire, que c'était du grand art, qu'elle faisait de nous exactement ce qu'elle voulait, voilà ce que profondément ému et énamouré, fuyant les derniers applaudissements pour être le premier, il brûlait de lui dire... Puis qu'elle l'excuse auprès de sa mère et de François pour les frayeurs que sa négligence leur avait causées, il ferait porter du champagne, et qu'en toute hâte elle se prépare, il l'emmenait maintenant à moto dîner en pays d'Auge lorsque, poussant la porte qui menait aux loges, il entendit des cris et des sanglots.

Il s'agissait d'un projo qui n'était pas parti au bon moment, il s'agissait d'une crampe et d'une jambe folle, d'un vibrato resté dans la gorge, de mémoire mécanique, de deux chansons totalement escamotées, d'un ordre qui n'avait plus ni sens ni raison, de jeux de scène à peine ébauchés, de choses parfaitement inadmissibles. Où donc était passé le tililili du premier morceau qu'on avait tant travaillé, la représentation avait été du niveau d'une répétition, pas de vie! Pas d'art! Pas de chaleur! Aucune générosité! Aucun souffle, rien, rien, rien! Jamais à ce point on ne s'était moqué du monde... Ah! on voulait chanter! Ma non troppo! Eh bien, si c'était pour continuer comme ça, très bien, très bien, mieux valait le dire avant de faire rire, on abandonnait la chanson!

Atterré, il se réfugia dans l'encoignure du corridor. Blanche avait cette façon de pleurer par grands éclats honnêtes et francs qu'aucune tentative de consolation n'entamait. Sa mère devait le savoir, qui en était comptable. Mais deux voix d'hommes bourdonnaient en fond. Une forte lumière jaillissait de la loge. Combien étaient-ils au juste dans cette petite pièce? Il commençait à douter que son avis de spectateur apportât une note de plaisir, son autre titre de protecteur et d'amant par ailleurs lui imposait de ne pas la laisser aux prises avec ses tortionnaires. Pensant à elle, pensant à lui et à l'avenir, il résolut de prendre le moindre risque et s'en alla l'attendre à la sortie.

C'est un véritable bloc humain qui se présenta, une demi-heure plus tard, au sommet de l'escalier illuminé. D'en bas, seul dans la nuit, il pouvait voir sans être vu à travers les portes vitrées Blanche encadrée par ses gardes du corps descendre vers lui dans cette robe boutonnée dont il l'avait lui-même vêtue, et ses yeux baissés qui ne le cherchaient pas. Un homme inconnu lui tenait le coude. François portait le violon. La mère, en tête, ravalait une figure bouleversée. Ils étaient tous passablement sévères et silencieux.

Bras ballants, Lucas sortit de l'ombre. François le premier l'aperçut, se pencha à l'oreille de Blanche qui ne leva pas les yeux, précipita le pas, la mère lui prit l'autre coude et l'entraîna sur le côté, comme cinq bœufs attelés le groupe tout entier vira d'un même mouvement et s'enfonça dans la nuit.

« Blanche! » cria Lucas.

Il courut derrière eux, s'arrêta, hurla.

« Blanche, je veux te parler! »

Du groupe qui continuait à s'éloigner, un corps se détacha, François venait. Il vint aussi près que l'exigeaient les marques de la civilisation, il avait le même regard pur que sa femme.

« Blanche ne veut pas vous parler, dit-il poliment. Je suis chargé de vous le dire. Elle a besoin de se reposer. Aussi, laissez-la tranquille. »

Et il s'en retourna.

Je m'appelle Lucas Boyenval. Je m'appelle Lucas Boyenval. Je m'appelle Lucas Boyenval. Vous n'avez connu que le prénom et le corps. Un jour de cour, un jour d'amour et vous m'envoyez dire que vous êtes fatiguée. Je connais votre constitution. Je sais jusqu'où peut aller votre folie. Ce n'est pas vrai, votre opinion n'est pas faite. Je ne comprends pas, mais je passe.

Je m'appelle Lucas Boyenval. J'étais sur terre bien avant vous. Je vous ai attendue. Vous avez eu la grossièreté de vous marier. Vous avez singé l'amour. Aujourd'hui, vous singez l'amitié avec un reste de mari. Je n'ai pas été élevé pour voir ça, mais je passe.

Je m'appelle Lucas Boyenval. Il y a trente ans que

je vous cherche. Je vous ai choisie. Je conçois que vous ayez peur, que vous rameutiez la mère, le mari, la morale et toute la merde de la vie pour essayer de m'éviter. Ils n'y suffiront pas.

Je m'appelle Lucas Boyenval. Non, avec moi, on ne chante pas. On ne travaille pas. On ne cuisine pas. On ne parle pas. On n'appelle pas sa mère. On n'a pas des rendez-vous. On n'a pas besoin de s'exprimer, pas besoin de se réaliser, on n'est pas épanoui. Avec moi, on ne se détend pas, on ne se lave pas. On ne quitte pas le lit, on se tait et on respire.

Je m'appelle Lucas Boyenval. Les filles m'appellent le fou. Elles ont du jour entre les jambes, elles foutent du parfum partout et ça veut communiquer. Vous sentez la sueur et le foin coupé, vous avez un oiseau dans la gorge et la gorge dans la chatte, j'aime ça.

Je m'appelle Lucas Boyenval. J'ai mauvais caractère. Je n'ai pas de famille, je ne veux pas d'amis. J'ai du mal avec le bonheur. Il y a trente ans que je ne pleure plus. Cette nuit, vous m'avez fait pleurer. Pour vous, je changerai.

Je m'appelle Lucas Boyenval. Je vous ai reconnue, vous êtes ma femme. Je vous offre de jouir. Je vous offre de vivre. Je vous offre d'aller un peu plus loin.

Je m'appelle Lucas Boyenval. Il y a deux hommes en moi. C'est l'autre qui vous aime.

Je m'appelle Lucas Boyenval.

J'attends de vous que vous soyez là. J'attends de vous que vous restiez là. J'attends que sorte de vous mon enfant. J'attends de vous voir blanche de poil et toujours femme. Je suis déjà plus vieux que mon père.

Je m'appelle Lucas Boyenval.

Lucas Boyenval, né de mère volage, n'est pas convaincu de devoir attendre encore.

Lucas Boyenval, né de parents mortels, ne peut plus être quitté.

Lucas Boyenval, fils de criminel, n'est pas décidé à renoncer.

Lucas Boyenval est doux.

Il comprend que sa femme a besoin de se reposer. Il ne s'inquiète pas. Il va manger les légumes. Il va aller dans le lit. Il ne va pas dormir, il ne va pas pleurer et elle va revenir.

XXIV

LE cratère, les deux yeux, la lune ce soir à n'y pas croire refaisait pour lui seul et pour pas un rond la tête de Blanche en entrée de scène. C'était le signe. Campé debout devant, il exerçait encore une fois ses puissances. Cette lune éclairait déjà d'une lumière verte la nuit des pâtres et des troupeaux sous Jésus-Christ, cette lune veillait déjà sur le lac et la forêt, elle avait vu les derniers mouvements de ses parents, c'était tout à fait la même lune un peu cabossée qui ce soir les voyait elle et lui séparés, elle devait bien voir aussi, malgré la cohorte de génies joufflus venus de l'Ouest qui traînaient autour de son halo, où sur cette terre se cachait Blanche et avec qui. Il lui manquait deux fois rien pour être pleine, certaines femmes comme cela qui manquaient de confiance présentaient une épaule plus haute que l'autre... Mais il la reconnaissait. C'était cette même lune de juillet, salope d'un œil et sainte nitouche de l'autre, tantôt rigolarde, tantôt impassible, tout comme Emilie qui ne voulait rien dire, tout comme l'épicière qui se gardait un sou de trop, tout comme Anne-Clarisse qui se défilait derrière un sourire. On ne la lui faisait pas deux fois. Si demain, si dans une heure, si dans cinq minutes, si à l'instant même Blanche ne poussait pas la porte, il se jetait par la fenêtre.

Un courant d'air parcourut ses épaules, souleva le bas des rideaux. Deux vagues furieuses s'abattirent sur le rivage et la mer soudain se tut. Un léger craquement du plancher lui confirma qu'elle était là. Il entendait sa respiration entrecoupée.

« Je suis revenue pour vous dire que je...

– Je sais. Fermez la porte. »

Blanche s'exécuta et demeura sur le seuil. Pendant qu'il avait encore le dos tourné, elle emplissait ses yeux à toute allure, fixant pour sa mémoire les jambes tendues gainées de blanc dans la pénombre, les plis cassés du pantalon, le bombement des mollets, les poches gonflées par les poings et le terrible et lumineux profil de ce torse nu si doucement frappé par la lune, dont chaque tendon, chaque muscle luisait et frémissait sous l'affût.

« Je suis revenue pour vous dire surtout de ne pas...

– N'ayez crainte. Je vous aime.

– Laissez-moi parler, Lucas. Ça m'est déjà assez difficile. Je ne me sens pas assez forte pour...

– Je ne vous demande rien.

– Et moi je vous demande de m'écouter un instant. Je ne peux pas, je ne veux pas vous quitter sans...

– Qui vous demande de me quitter, c'est François ?

– Ce n'est pas François et ce n'est pas la question. Je tiens simplement à vous expliquer pourquoi je...

– J'ai trouvé votre mari tout à fait sympathique. Il a juste la jambe un peu prétentieuse, ce n'est pas courant chez les voyageurs... »

Elle resta interloquée.

« François est tout sauf prétentieux, dit-elle.

– Je ne parle pas de lui. Je parle de ses jambes.

– Je crois surtout que vous parlez pour m'empêcher de le faire. Je suis épuisée, je rentre me coucher. Je laisserai une lettre demain dans votre casier.

– Je. Je. Je... fit-il de loin. Il n'y a décidément pas de limites à votre égoïsme.

– Demain, vous me comprendrez. Bonne nuit, Lucas.

– Demain, je ne serai plus là », dit-il. Et lentement, il se retourna.

Elle reçut le choc. Tout aussitôt elle se reprit.

« A quelle heure partez-vous ?

– Tout de suite. »

Blanche garda le silence. Lucas le fit durer. Il conservait sa position. Là-bas, elle était réfugiée derrière ses cheveux. Il n'y avait pas de sac à son épaule, seulement un trousseau de clefs dans une main comme pour aller chercher le pain, et ses bras clairs dans l'ombre.

« Vous avez mis ma robe... souffla-t-il.

– Oui... »

Il avança plein de précaution vers la commode.

« J'ai retrouvé un de vos paquets de cigarettes ici. Je l'ai mis de côté. »

Il le lui tendit.

« Prenez-en une, voulez-vous ? Et asseyons-nous un moment, je pense pouvoir retarder mon départ de quelques minutes. »

Blanche abandonna la poignée de la porte. Elle ne savait déjà plus comment traverser cette pièce. Plus empruntée qu'une invitée, elle se mit en marche et rejoignit le premier fauteuil, tandis qu'il cherchait deux verres et de quoi les remplir.

Le fauteuil de Blanche regardait vers la fenêtre. Il se glissa dans l'autre. Une petite table ronde les séparait. Blanche portait aux genoux et à la pointe d'une clavicule des éclats de lune. Seule la braise de la cigarette apportait par moments une note de chaleur à cet ensemble de féminité.

« De qui sont les paroles de vos chansons?

— Ma mère en a fait une. Les autres sont de moi.

— Ce que j'ai entendu, commença-t-il, m'a paru tout à fait rare. Je me suis demandé comment vous pouviez savoir tout cela... Il y a chez vous un mélange très surprenant de paganisme et de...

— S'il vous plaît, murmura-t-elle. Rien ne me fait plus plaisir que vos compliments... Mais nous avons peu de temps. Et je voudrais arriver à vous parler...

— Ne soyez quand même pas si mesquine! s'écria-t-il avec fureur. Je m'en charge, du temps! Nous prendrons le temps dont nous avons besoin. »

Et plus doucement il ajouta :

« Ne l'avons-nous pas toujours pris?

— Seulement, il est déjà très tard et l'heure est aux adieux, répondit-elle. Alors, je vous en prie, finissons-en. Je voulais que vous ne passiez pas une mauvaise nuit par ma faute et vous dire que...

— Vous me le direz en route! fit-il en se levant avec une extrême nervosité. Vous avez raison, il est inutile d'attendre une nuit de plus. Passez ce chandail, il y aura du vent, nous partons tout de suite. »

Il venait d'enfiler à même la peau une manche de sa veste de toile et, l'autre flottant dans le dos, il parcourait la chambre, sa besace à la main, multipliant les gestes et les propos incohérents.

Blanche se leva, rejeta au loin le chandail.

« Mais gardez votre chandail, s'écria-t-elle.

— Vous avez tort, fit-il sans se retourner. Les aubes sont froides à moto. Nous avons des montagnes à traverser. Où ai-je laissé mon mouchoir, vous n'avez pas vu ce mouchoir? Sûrement vous l'avez rangé, essayez de vous souvenir... C'est égal, nous ne le retrouverons pas, il y en a des piles entières là-bas...

– Où ça, là-bas? hurla-t-elle.

– J'ai une grande maison à la campagne, belle et profonde, je ne vous l'avais pas dit? Il y fait chaud l'hiver et frais l'été... Je pense souvent : cette maison, elle est vivante, elle grince, elle appelle et je ne suis pas là... Vous verrez, vous me direz... »

Et revenant sans raison sur ses pas, il tomba sur Blanche qui s'essayait à sortir en tapinois.

« Que faites-vous? »

Il l'éblouit de la lumière crue du plafonnier.

« Mais... je sors, fit-elle en reculant devant lui. N'avez-vous pas dit que nous partions? »

Elle vit trembler sa lèvre supérieure. Les pupilles élargies, le front tapissé d'une fine sueur, il avança jusqu'à ce qu'elle bute contre le radiateur.

« C'est faux. Vous ne sortiez pas. Voilà que vous mentez maintenant. Vous ne sortiez pas, je n'ai pas donné le signal, vous ne sortiez pas, vous partiez sans moi. Pourquoi mentez-vous, depuis quand me mentez-vous?

– Depuis quand retient-on une femme de force! cria-t-elle prise de panique. On ne fait pas ce que vous faites! Vous ne croyez tout de même pas que je vais vous suivre comme ça, n'importe où! Je ne vous connais pas, moi! Quoi, quoi, on a couché ensemble une nuit et puis quoi? Qu'est-ce que vous êtes pour l'instant, une rencontre de bistrot, même pas un copain, alors vous êtes malade ou quoi?... »

Elle fonça vers la porte avec tant de détermination que la douleur qui la retint par les cheveux lui fit lever une main et bâiller la mâchoire. Dans un craquement d'os le plat du crâne vint frapper contre les omoplates, elle croula sur les genoux. Il n'avait qu'à osciller du poignet à la masse, comme un ballon dans un filet la tête dinguait à l'angle de la commode, il ne voyait, il ne savait rien de cette fièvre qui l'animait et rendait si léger à son bras le poids d'une tête humaine, sinon que chaque coup donné était nécessité et répondait ponctuellement, de mieux en mieux, de plus en plus étroitement à ce besoin qui était le sien de faire bien, de faire trop, de faire passionnément jusqu'à l'épuisement tout ce qu'il entreprenait... Le sang jaillit pour sa surprise, Lucas s'arrêta net.

Sa main tenait une poignée de cheveux, le corps d'une jeune femme gisait à ses pieds, une tache noire grandissait sur le tapis, le bruit de la mer reflua dans ses oreilles, des remontées de bile brûlante lui attaquèrent la gorge, il se pencha pour voir qui était là et il reconnut Blanche.

XXV

Le vol d'une grosse mouche sonna entre les murs.
Elle ronronna un moment, ronde et préoccupée,
puis se tut. Elle était quelque part, posée sur un
meuble. Maintenant ils étaient trois dans cette
pièce ouverte sur l'univers. Nulle étoile, nul mouvement. Le ciel noir à mi-fenêtre trempait dans la
lumière orange des réverbères de la digue, l'air était
tiède, traversé de relents de fientes et d'algues,
fauteuils et guéridons embrumés flottaient, il se
sentait étrangement bien. Blanche reposait. De petites bulles gargouillaient à la surface de la blessure
mais l'expression du visage était heureuse et habi-
tée. Il se leva, éteignit le plafonnier et revint s'asseoir près d'elle. Vigoureusement la mouche se
remit à tourbillonner. Jamais petite musique n'avait
su comme celle-ci rendre à qui les avait définitive-
ment perdus les midis de l'enfance, les pans de
murs ensoleillés, le coin d'herbe derrière l'église, le
placard à pain, le carrelage chaud, les vaches, le lent
balancier de leur queue, les lézards, l'aveuglement
des jours... Que ces bonheurs, au creux de l'obscurité, pour eux deux et comme si c'était déjà demain
matin, justement s'allument et réapparaissent par la
grâce d'une jeune mouche, le lança sur le tapis
contre l'oreille de Blanche.

« Nous avons une amie avec nous, lui chuchota-t-il. Ecoute... »

Toujours, en pareil cas, il lui fallait un peu de temps pour répondre. Des heures, des nuits entières, il eût épié sur ses lèvres, dans cette odeur de femme endormie, l'éclosion d'un mot rare.

« ... l'en... tends...

– Tu l'entends, répéta-t-il fou de joie, c'est la mouche! »

Si lisse était la peau de son visage renversé, si belle était sa Blanche auréolée de cheveux étalés, redevenue enfin telle qu'il l'aimait, pas plus qu'un bébé qui ne savait aller sans aide.

« Oh! Blanche, s'écria-t-il, tu as cru que j'allais te mettre dans la maison? Mais je le sais, tu sais, qu'on s'embête dans les maisons! Attends, attends... fit-il très exalté rampant autour d'elle, j'ai d'autres projets pour nous...

– ... le... sais...

– Ecoute-moi, je crois... Je sais... Je sens... Je sens – sa voix s'enroua, les larmes roulaient de ses joues le long du cou de Blanche – Je sens... Je sens, Blanche... Je sens qu'ici... pour nous... ici...

– ... pas... peur... »

Il redressa la nuque. C'était sûr, elle souriait.

« Pas peur de quoi, Blanche? Pas peur de quoi, dis, de quoi est-ce qu'il ne faut pas avoir peur? »

Et le même fol espoir tout à coup, le même tremblement avec lesquels il avait attendu dans la solitude de sa chambre que sorte une fois, une seule fois pour lui seul, des lèvres du Crucifié quelque parole inouïe qui l'eût guidé par faveur, rivèrent son regard à cette bouche déjà encombrée par les ailes de l'obscur papillon.

« ... mou... rir... » dit-elle.

Soudain ses doigts grattèrent le tapis.

« ... mal... mal... »

Sans retard il lui monta dessus en criant :

« Alors vas-y! Vas-y, Blanche, je te suis! Continue, ce n'est plus loin! Continue, c'est là, c'est là, nous y sommes... »

Et continuant lui-même à résonner du fond de la gorge, bouche sur bouche, doucement tout en faisant diversion à la pointe d'un sein, il pinça l'une contre l'autre les deux narines. Blanche, emportée dans un étourdissement d'événements sonores et physiques, la douleur distraite, les contours déjà confondus, la langue enroulée à celle de cet inconnu de la rue en qui elle s'était reconnue, toute réserve abandonnée ainsi qu'elle avait toujours fait, abandonna ce samedi soir aussi la vie.

A la mémoire des mouches anciennes, des grenouilles abîmées, des guêpes brûlées dans leur nid; à la mémoire de ceux des oiseaux qui chantaient la nuit au creux des insomnies – et que les siffleurs des beaux jours crèvent et crèvent encore pour leur vulgarité; à la mémoire du murmure des grands arbres sous la pluie; à la mémoire des orties courbant leurs têtes blanches sur les tombes des pauvres chats enfermés dans des boîtes à biscuits; à la mémoire de Marie l'épicière; à la mémoire d'Anne-Clarisse la fausse; à la mémoire d'oncle Edouard pire que salopard, repentant; à la mémoire des draps conjugaux séchant au vent dans le paysage; à la mémoire des verres renversés, des cendriers pleins et des compresses retrouvées le matin dans l'âtre froid du salon; à la mémoire des lunes du pensionnat; à la mémoire des cuillerées de potiron et des fugues en pyjama dans la terre mouillée; à la mémoire des sommeils entrecoupés de sanglots et de petites prières; à la mémoire de tout ce qui ne fut jamais pendant ce long, trop long sursis que mensonge et pâle répétition jusqu'à cette révélation de l'existence d'une fille absolue, chaude, belle, émouvante, capable de tout donner, la nuque couchée sur le ventre de Blanche, la pipe à la main, pleurant et criant tour à tour, il levait son verre.

XXVI

Avant l'aube du troisième jour, à l'heure anniversaire où Blanche pour la première fois y était entrée, ensemble ils sortirent de la chambre et refermèrent la porte. Blottie contre lui, la joue sur son épaule, tout ensommeillée derrière le célèbre pan de ses cheveux, elle était vraiment mignonne dans cette veste d'homme trop grande pour elle. Dieu la petite jupe du premier soir, cette petite jupe qu'elle portait dans Paris, quelle douleur c'était que cette petite jupe! En vérité, court ou long, quoi que cette fille ait sur le dos, quelle que soit sa fatigue, elle avait toujours une allure folle.

Hanche sur hanche, à trois pieds pour deux, ils suivaient le mur du couloir et de temps en temps s'y reposaient. Un brusque râle secouait le silence, un ronflement derrière une cloison et parfois les soupirs d'un corps se retournant sur un lit. Dans quelques heures, le petit déjeuner leur serait livré à tous, les fiches de commande pendaient encore aux poignées.

« Tu veux que je te porte? lui chuchota-t-il. Enlève tes chaussures... »

Et laissant leurs deux paires côte à côte au seuil de la 412, ils filèrent l'un dans les bras de l'autre jusqu'à l'ascenseur.

Et débouchèrent dans le hall, obscur, et longèrent le comptoir de la réception, trois cheveux, deux petits yeux rouges et pochés éclairés par en dessous apparurent au ras de la console.

« Numéro 420, dit Lucas rayonnant sans cesser d'avancer, nous allons nous marier.

– Alors je vous souhaite d'être très heureux », dit le veilleur.

Les voix résonnaient entre les colonnades.

« Je crains qu'on ne puisse l'être plus, monsieur, dit Lucas, voyez vous-même...

– Ah! le champagne sans doute... »

Le mugissement de la mer s'engouffra dans le hall, la nuit les emporta.

L'éclairage de la digue retroussait en labours d'ombre et d'éclat partout les traces de piétinement laissées sur la plage, au fond là-bas chantait la masse d'eau, ils roulèrent en bas du petit escalier. De monticules en cuvettes tombant l'un sur l'autre, seuls mais deux dans l'immensité, ils s'éloignaient de la côte et de ses réverbères. Lui debout marchant sur l'horizon, elle gisant sur ses bras, ils formaient à eux deux une seule croix. Les vents divergents les voulaient pour la cérémonie coiffés tantôt la raie sur le côté, tantôt la frange rabattue, ses doigts de pieds agrippaient le sable froid, mètre après mètre, les yeux fixés sur la ligne de partage de la terre et des eaux, il gagnait du terrain. La mer en retraite justement lui avait ouvert son lit quand les bonnes de ce monde, pour lui gâcher la vie, s'étaient toujours entêtées à le lui fermer et à le bien border, quoi de plus sympathique vraiment qu'un lit largement ouvert, marchant, marchant droit devant à plats pieds, il en foula la ferme étendue, au-dessus de quoi un peu plus loin les grands draps dans la nuit se soulevaient en soufflant. Pour une fois que ni Dieu ni hommes n'y pouvaient redire, d'autant que c'était la tenue première, précipitamment au milieu des flaques il se mit nu, et Blanche jusqu'aux cheveux tellement, tellement qu'elle en faisait de la lumière.

Son amour sur le dos, langé à l'africaine solidement dans sa grande chemise, les bras adorés autour du cou et le cœur en furie, il partit en caracolant à travers l'écume. C'était froid, c'était violent, c'était la fête, sans sommation deux vagues coup sur coup le giflèrent. Il releva la tête. Il ne serait pas dit que Lucas Boyenval dans l'eau n'était pas allé en homme, aussi longtemps et aussi loin que sa taille le lui permettait, sur les deux pieds dont la nature l'avait pourvu. Et, une cuisse sous chaque bras comme deux poissons ruisselants qu'il avait mission de remettre à la mer, fièrement de toute sa hauteur il avança à la rencontre des suivantes. Il lui parut bientôt qu'elles n'étaient rien que terrifiées, qu'elles se ramassaient même devant lui avant de filer lamentablement vers le rivage.

« Tu as vu ça? hurlait-il. Regarde-moi celle-là! » Il leur riait à la gueule.

Que les moutons des campagnes devant sa moto grimpent les uns sur les autres, passe encore, mais si même la mer maintenant se mettait à mouiller, alors vraiment il était temps de changer de monde. Et puisque la lune leur traçait un chemin d'or, que des courants les emportaient vers le large, que Blanche sur son dos se faisait de plus en plus tendre, de plus en plus légère, que ses lèvres sans cesse doucement lui caressaient l'épaule, l'épaule et l'oreille, l'oreille et l'épaule et qu'il avait grand sommeil, il se roula en boule et se laissa bercer.

DU MÊME AUTEUR

Aux Éditions du Seuil :

JEUNE FILLE EN SILENCE, *roman,* 1971.
L'OUVERTURE DES BRAS DE L'HOMME, *roman,* 1973.
PRENDS GARDE À LA DOUCEUR DES CHOSES, *roman,*
Prix Interallié 1976.
LETTRE D'EXCUSE, *roman,* 1981.

IMPRIMÉ EN FRANCE PAR BRODARD ET TAUPIN
Usine de La Flèche (Sarthe).
LIBRAIRIE GÉNÉRALE FRANÇAISE - 6, rue Pierre-Sarrazin - 75006 Paris.
ISBN : 2 - 253 - 04132 - 7